CALL
ME
BEAUTY

请 说 我 美

琦殿 ——————— 作品

CTS 湖南文艺出版社
HUNAN LITERATURE AND ART PUBLISHING HOUSE
博集天卷
CS-BOOKY

目录

contents

Chapter II
瘦二十斤的人生会开挂吗

Chapter III
当我失恋时我能做些什么

Chapter IV
饮食男，女人之大欲

Chapter V
玫瑰色的女人

自序——还给二十七岁

"你为什么还不出书？"

这是我在过去六七年里被反复问起的一句话。排行第二的大概是："你为什么还不开淘宝店？"

网络上的高关注量、辛辣刺激的语言风格、已经写出来的几千条"语录体"文本——趁热打铁，把这些扩充杂烩一下，加些漂亮的图片，就可以做出一个看起来不错的本子，然后把微博的认证"知名情感博主"，改成"作家"，感觉又能在鄙视链中前进一个等级。

并非质疑这一切，我只是觉得自己不够承受这一切，我没有资格。

我是山东大学中文系的。大四时要去台湾交换，到院长的办公室给材料盖章。进门是一个书架，满满当当摆的是历届系友校友出过的书，匆匆一瞥，几个封面上的名字早已经被念了无数遍。我把材料交到笑眯眯的院长手里，心里想，以后可千万不能给这个书架丢脸。

绝对不能让爸妈老师学弟学妹们翻开我的书时，扑面而来的是"为何不爱我，你倒是说说？"。

而那时，一百四十字以上的东西我都写不清楚。

毕业后，与人、与工作、与事、与感情，与突如其来的生活开始正面交锋，那些理直气壮的话纷纷败下阵来，我低下头来看着自己，所有在前几年里不敢细想的惶惑终于以答案的面目现形。

在四面高墙无风无浪的学校里，在因为网络 ID 为我开起绿灯的公司里，在青春年少被百般照料依然要百般挑剔的感情里，在情感充沛见识浅薄不知爱恨轻言爱恨的年纪里，我把自己描绘成了顶天立地的大英雄，那副薄薄的盔甲有多不可一世，藏在里面的我就有多胆战心惊。

是什么佯装出我貌似庞大的声势？是网络流行趋势的造神需求，是我初生牛犊一吐为快的横冲直撞，是人们的新鲜感、窥私癖与发声欲，不是能用双脚踏实站在大地上的我。

有人赞我一言戳破人生的真相，不过是我的话语为他们晕染了遐想的光，有人推我为敢说敢当的女性典范，可谁看得见我承担过什么了吗，只是不停地在屏幕后面大放狠话罢了。

能写下什么呢？原来我满口观点头头是道，却没有属于自己的观与道，还以为我有文笔和思想，那只是积攒了二十多年的表达欲望，而当这些细碎的少女心事被消耗殆尽，撇去人人都会有共鸣的吃喝玩乐买买买，我还能拿出什么来呢？

吐槽很容易，创造很难，发泄很容易，收拢很难，讲故事很容易，有人生很难。

几年前收到邀请，挑了一些微博，交出版社集合成电子版小册子，在移动阅读平台上架。虽然也是自己的作品，但我羞于公开吆喝，拿了一点点版税，便当它从未发生。并非那些文字不真不好，我只是明白，绝不能把这当作开始。

他们说，有人愿意为你买单，这就是你的资格。

我说，正因如此，我需要更多的资格。

我是被命运推到某个地方的幸运儿，不能再如此滥用幸运，被其反噬。

二〇一五年末，我在经历了三份工作和三段感情后决心辞职，告别人群和坐班生活，没想过接下来要怎么办，不想留学，不想旅行，也无意于专心经营网络事业。

半年悠游之后，我去了趟北京，约了一位出过两本畅销书的姐姐见面。在五月的望京户外，人来人往的写字楼下，她对我说："写书吧，这是能让你安身立命的事情。"

　　那一刻我突然觉得，时候到了。

　　若说往日只是感知自己巧舌如簧在外而内里空虚无支撑，二十五岁后的动荡波折摧毁重建，也算让我隐隐明白了天命之中的有所为有所不为。张牙舞爪过的大道理，如今层层皮脱落再愈合，变成了我的骨血身体。

　　不管有没有资格，我不怕了。

　　不只是发泄欲，也是责任感，我终于有话要说，有事可做，有道需行。

　　这是一个仪式。

　　我想总结出一些东西，对过去七年的一场大梦做个交代。我必须有一个拿在手上的作品，献给即将到来的新生。我常说自己不过是被时代随机选中，现在终于有了可以回赠给时代的礼物，以及，回赠给对我有期待的人，还有，那个不可一世、胆战心惊的女孩儿，曾经的自己。

　　对她说，莫要恐惧，莫要窃喜，莫要浮躁，莫要止息。

　　在高中之后第一次踏踏实实写点儿东西的我，相当于一个边学习颠勺边在电视上教炒菜的人。

　　一年的写作时间，前八个月写的东西几乎最终都被摒弃，中间无数次推翻重来，溃不成军。不过说过程有多艰难，都是撒娇而已。当自己只是个读者的时候，看谁的作品都一堆毛病，等到自己上手了，看谁的作品都高山仰止，最后交付文稿那一刻，神清气爽，我不牛×谁牛×。

　　书里两成的内容是修订了之前在公众号上有代表性的文章，另外八成是新作。第一章依然是你们最熟悉的纯粹情感表达，大家认知里最能代表我的东西；第二章是作为成年人对于独立生活的一些感知，传递的是价值观；第三章是感情里的方法论，如何去好好谈恋爱，如何在好好谈恋爱之前、之中、之后找到自我；看得有点累了吧，第四章是轻松快乐的小品文，饮食男女，吃吃喝喝；第五章是我和我的朋友们的故事，我们的成长。

我非常，非常喜欢这些文字。

不同于翻看往日微博会有羞愧难当之意，当我去用大段的时间集中心力创作一个作品，字里行间都是二十七年来随时随地的自己，我与童年少年青年的我对话，溯洄从之，遥遥相望，达成了理解。

还给二十七岁。

是以为记。

查理心序——你是我的颜色

饭毕剥一个熟透的石榴，盛在碗里的果实颗颗晶莹诱人，曼妙美丽。红得像新鲜血液，像闪烁的宝石，像琦殿。

几天前，气垫（琦殿）展示给我看即将出版的新书的一稿装帧设计，内页是偏朱色的大红。第一眼认为极美，第二眼又觉得配色可以更加妩媚和气派，怎么形容呢？就好像她本人裹着石榴色绸缎的连身长裙融化在扉页，让人凝神屏息。

不论这本书最终以什么样子登场，我笃信"她"一定美丽。不仅仅是因为我对气垫深深地认同与偏爱，更是为着伴随这本书的诞生，书里的人，写书的人，甚至期待着"她"孵化的人，大都经历了美丽又疼痛的成长蜕变。

1

时间退回一年前。早秋的上海阴雨绵绵，走在复兴公园被打湿的石子路上，同行的修女提议："给你们拍张照吧！"

照片里，一张面孔情意绵绵，一张面孔风情万种。两个人亲密松弛地倚坐在一起，是我和气垫。那一年，我俩的友情三岁。

朋友千千万万，除去气垫，再也找不出什么人一年四季都在穿裙子。说女人味是没错，但隐约之间还散发着侠情。彼时共事于广告公司，除去重要的见面，大家日常着装可谓散漫。唯气垫这女子，酷暑你见她，戴着各具设计感的硕大耳饰，搭配或繁或素的连衣长裙；暖春寒秋你见她，也不过在这外面多一件薄而飒爽的风衣；凛冬你再见她，羊绒毛呢披披挂挂，底下穿着的还是裙子。配合她做创意设计的身份，很难不给人留下感性、文艺的印象！她偏偏又没那么容易被看透！

如是真正一起做事，长久地与气垫相处，她是我见过的最恪守原则、严于律己的工作伙伴。甚至为人处世，尚存几分侠骨柔情。前一秒你见她伏案，坚硬如铁。下一秒推着单车并肩吃路边摊，又温情脉脉。用一句自己的话形容就是：

"美则美矣，竟还敢帅！"

2

气垫不喝酒，算不上爱哭鬼，但悲伤与感动时都会掉眼泪。我酷爱饮酒，醉醺醺时又扬扬得意，并不容易哭出来。试想这样的画面：失意时，一位在沙发深处沉默感伤，一位满屋乱窜情绪高亢。可见我们的共情方式，并不需要交换太多语言。

这样的她，每次失意的时候纵情大哭的她，大哭起来让我觉得莫不是天要塌下来了的她，却总是轻飘飘地三言两语，还带着点儿不屑，一次又一次地治愈了我。与其说这是什么能力，不如说是气垫独有的人格魅力——一种微妙的分寸感。不过分热络，又一语中的，直指人心。想必也是她的文字在社交媒体上受到众多人喜爱和无数次转载的理由。

命运跌宕，人生起落，爱情曲折，聚散离合。失意和眼泪无处不在，但知己难逢。有本事激发人在低谷中蓄力向前的气垫，配得上我抱拳敬她一句：

"美则美矣，妙手仁心！"

3

都说山东人爱吃面食爱吃韭菜香菜葱姜蒜，气垫的山东特性，淋漓尽致地发挥在了饮食偏好上。前几天重聚在北京家中，张罗着要煲汤，一行人来到超市采购，她瞥了眼我挑的、包装精美的独头蒜，手一挥，买那种——扎扎实实的大瓣儿蒜。下一句呢，是问家里有没有香菜与葱。

当然这段不是讲气垫爱吃什么。全因我与气垫的默契，仿佛是那年立冬分吃两大盘饺子开启的。二十出头的年纪，初入职场，均稚气未脱。赚到的薪水不过刚够交租和朴素生活，月末贴加班费的报销发票能带来无与伦比的快乐。后来的后来，我们都离职了，气垫辗转几次后定居深圳，有了相比之下更稳定更可观的收入。甚至这随后的日子，命运与世界都发生巨变。再见她时，已退去婴儿肥，退去青涩感，恋爱了，失恋了，又恋爱……

在上海，在杭州，在北京，在每一次辗转间的面对面，那份被"过节一起吃饺子"加持的感情仍真实不虚。有友如气垫：

"美则美矣， 情真意切！"

4

《请说我美》——认识气垫的第五年，她要出版的第一本纸质书，这本书像是她真正意义上的第一个孩子。（我的干女儿？）

这本书对我来说一样意义非凡，因为这个"小孩儿"见证和贯穿了我俩交会并行的一段重要人生。那些智慧和经验，那些悲喜得失，那些美丽和不美丽，都借气垫的才华与双手，化为时间沉甸甸的馈赠。

爱、和平、理想与自由，无一不美。但我前半生最美好的缘分怕就是和气垫的相遇了。（对我女儿和其他人道声对不起，你们继续努力。）几年后的今天，初衷未改，一如初见，想在这篇序文里发射一颗大大大的发光爱心：

"我的垫垫，终身美丽，成长快乐！"

相信爱情的人，怎会因几次恋爱的结束就动摇了信仰呢，

不过是路漫漫其修远兮罢了。而这求索途中的眼泪和歌，

也都是痛快，而非痛苦，虽未得到，却渐得道。

Chapter I

天长地久，永作不朽

先说“我爱你”
的人不会输

标题党了。

这篇小东西不是教你们如何泡到心仪男生驾驭男朋友如何迎娶 CEO 变身白富美的，那玩意儿我也不会，我今天想说的就是个心气儿。

我以前是个"喜欢你绝对不告诉你"的别扭人，秉承"表露爱意就是自暴弱点"。和某任男友相处时也是如此，他不说爱，确实我也知道他不爱，那么我也不说。在无数个温情的发梢擦着下巴的时刻，在声嘶力竭的高潮后，喝了点儿小酒的灯光中，绝对不会回头的背影里，我每次想说一句爱，又咬着牙根儿咽了下去。

说了就低贱了，是吧?

说出那句话是什么场景来着，是在一个从远方打来的电话里，我们吵了一架又脉脉地聊着天。我突然一股气血上涌，还没来得及闭住双唇就说出了我爱你。他在那边愣住了，手足无措地说了些情话，听到你这么讲我真开心、和你在一起这段时光我很幸福之类的句子。

我开始噼里啪啦掉眼泪，像女人初夜后忍不住的号啕，却毫不感到羞耻，胸中全是云蜒万里的骄傲与豪气。他不爱我我爱他，但这哪里丢脸了，说出"我爱你"，简直是世界上最爽的事情。

此刻我终于坦诚面对了自己所有的情感，我爱你，是的，明晃晃沉甸甸，拿出来放在你面前，它是我的珍宝，也是我的武器。

你害怕它的光芒吗，你捂住了双眼吗，还是你也有同样明亮坦荡的心，让你不畏惧我的爱意，我的真心?

不知道是因为过了少女年纪，还是厌烦了感情博弈，我越来越喜欢走点儿简单直接的心。是喜欢就喜欢，是会在想起你的时候打个电话告诉你，不是十天不联系你赌谁会先联系谁。是爱就是爱，是给你我所有的温柔与陪伴，不是你有本事你去找别人啊我再也不要见到你。

喜欢你，想对你好，不含糊也不试探。我想跳过那些叽叽歪歪的东西，在阳光下面对你笑，亮亮堂堂地，让你知道我所有的善意和温顺，想与你分享我的七情六欲三贞九烈，和一点儿孤单拧巴寂寞哀愁。

从自身的心境来说，这是让人免于琐碎自我怀疑和无休止感情勒索的最好办法，不会沉沦于"是不是我不够矜持""是不是我太矜持"的反复追问。有人为掩盖那点儿心思疲于奔命，而把世界都拿来与爱人分享的人没有什么可以失去。说都说了，没的回头了，刷刷牙，上吧。

从我比较不喜欢提的"相处策略"来说，袒露心意，是攻也是守。因为你已经提前亮出了别人都不会亮的底牌，一般情况下会炸得对方开始怀疑人生。我们不要摆姿态和玩对峙了，猫捉老鼠狐狸发骚实在是不好玩的东西，我也没见谁对故作姿态的高傲做作倍加珍惜。感情中最可贵的是真挚，把真挚的表达看得轻轻松松，反而是对它最大的珍重。

当然，我后来与他也分开了。当然，到最后他也没说过爱。可我不觉得后悔，反而庆幸。因为总要迎接这个时刻的到来，但我的情感呀，它起码曾被说出口，有了生命，闪闪发光过。

如果在一起，就好好拥抱，好好接吻，好好相处，好好对待每一句我爱你，在每一个它掠过脑海的时刻；如果没能在一起，就找个体面的方式，好好对他好。好好地做一个温柔多情的人，把所有的好都用光。我要把你好好地爱一遍，这才是我对你最牛 × 的掠夺。我不会在离开时，才后悔怎么没抱你抱得想吐，不会在躲不过的无人的夜里，问自己一句"如果"。

到时候你才会知道，没有如果，全他妈是自作自受的错过。

天长地久，
永作不朽

敢问当今的情感博主，谁还没看过《欲望都市》？

我。

经纪人一脸诧异，指头戳通了我的十二经脉："你居然……？且不说你是吃谈恋爱这口饭的，就算你只是个无知的青春少女，也应该拿它当作启蒙教材啊！你这样，我还怎么把你包装成繁华都市中风情万种的女作家？"

好好好，我这就去看。

在一个写稿写出了百年不遇的大旱的下午，我打开了这部剧。

纽约曼哈顿，四个三十岁的女人，风华正茂，不守妇道，买衫买醉，寻性寻爱，大呼小叫，笑中带泪。

我呢，看第一季的时候，谁都不喜欢。淑女夏洛特，永远长不大，不完美会死，无比神经质。律师米兰达，面无表情，像个老妈子，看啥都不爽。公关萨曼莎，五大三粗，眼冒青光，性瘾无药可医。作家、专栏写手、自媒体从业者凯莉，瘦得跟个小鸡似的，还满身都是腹肌，头发蓬裙子更蓬，脸长鞋跟更长，一天到晚在那边"I couldn't help but wonder（我禁不住……）"，思想比她随时随地吐出的烟圈还要飘忽。最讨厌的是，她们哪里来的那么多男人？！

看过一季又一季，开始对非主角那三位有了改观，或者是理解，但依然不喜欢凯莉。

我摸不透她，她的行为似乎没有一根明确的骨头支撑。一会儿漫不经心梦笔生花，一会儿疑神疑鬼歇斯底里，一会儿喊着都市女人我最大，一会儿给喜欢的人当牛做马。面子上拿足了腔调，内心里哭爹喊娘血流成河，等到绷不住了就把一切都毁灭掉，拿出机关枪对着好友爱人一顿突突。要死要活几天后，又开始认为自己是纽约好女人、时代新标杆，蹬上她那双八十厘米的高跟鞋，靓丽出街了，好嘛，而且依然不费吹灰之力就能遇见新男人！

　　她爱上了梦幻情人"大先生"，分了，遇见了大暖男艾登，又回头跟结了婚的"大先生"乱搞，两边都弄砸掉，过了段时间，又跑去找艾登求复合，到谈婚论嫁的地步，又因为自己的犹豫而放弃。剧情进行到这里，一个朋友在我家的地毯上和我抬头看着电视屏幕，共同咬牙切齿。

　　朋友："这个女人怎么这么作？"

　　我："真的是，爱情至上，又不肯做出退让。"

　　朋友："艾登那么好，她为什么不要了？"

　　我："在一起磕磕绊绊了这么久，发现骨子里就不是一路人。其实求婚只是个导火索，他们总要分开的。"

　　朋友："那你说，她为什么之前跑回去哭哭啼啼地挽回人家？"

　　我："感情还是在的，总不能不让人家带着歉意再试试吧，万一呢。"

　　朋友："她就是什么都搞不定，却什么都想要。"

　　我："我们也什么都想要啊，可确实是，只有到了手里，才能知道这是不是我们真正想要的东西，真正要得起的东西。我们害怕搞不定就不去试，但她敢。"

　　朋友："别人都有原则，她有什么？"

　　我："她的原则是真正的，双方的爱情。毕竟夏洛特要的是完美，米兰达要的是理性，萨曼莎要的是自由，这些都是相对好定义的，但爱情，爱情是人性啊，你不去反复地碰撞，怎么能得到呢。"

　　朋友："停。你不是也讨厌凯莉吗？为什么现在在帮她说话？"

原来我在帮她说话？原来我能够理解她。原来这个小鸽子一样的女人，已经在我的心里理直气壮。

那晚我在想，为什么人们讨厌凯莉。大家给出的统一口径是：因为她太作了。

"作"到底是什么？

我第一次听到"作"用声调里的一声读出来时，是张抗抗的一本名为《作女》的小说。那时的"作"，是带着欣赏意味的，那些作女，也都不是什么磨磨叽叽的小女人，她们永不知足、永不甘心、不认命、不安分，想做就做，头破血流地寻求一个懵懂的真相。

后来的某一天，"不要作"这三个字，突然成为我们在感情生活中被反复教育的准则。当我们有迷茫想要寻求出口，当我们说出自己的见解希望对方也听得见并给出回应，当我们想自己待一会儿，当我们感到不爽了想抽身离去，世界对我们说，他人对我们说，我们对自己说：不要作，不要作，不要作。

因为作有风险，因为作显得不珍惜，因为作就是不懂事儿。

可是，那些内心的冲撞，对问题的觉察，寻求沟通和解决的欲望，全都是"作"吗，都该一刀切地被压抑下去吗？

之前有个很火的TED（即技术、娱乐、设计的英文缩写，是美国的一家私有机构，该机构以它组织的TED大会著称）演讲，叫《拥抱你内心的少女》。

演讲说，我们每个人内心都有一个"少女"，它代表的是感性，敏锐，对世界的爱，对人类的关怀，不只女人有，男人也有。泪水能带来力量，直觉能开启未来，同情能启迪智慧，但我们在男权社会中都被要求去压制内心的"少女"。当我们流泪，我们会被视作脆弱，当我们寻求情感沟通，他们说感情是不可依赖的，当我们同情弱者时，世界朝我们微笑，后来我们才发现那微笑后面是意味深长的嘲讽。

人们就这样在"你不应该成为女孩儿"的教条下成长起来——成为男人，别做女孩儿；成为女人，别做女孩儿；坚强些，别做女孩儿；成为领导，别做女孩儿——这恰恰说明了"女孩儿"的力量是非常强大的，使得这个社会不得不一遍遍用教育来压倒它。而受到这种束缚和伤害的，是我们每一个人。

　　某个结婚三年的女性朋友跟我说："我现在很害怕我老公，对，就是害怕。他也没有家暴什么的，但我就是害怕他不开心不满意，他一皱眉毛我就想躲起来。"

　　"他不满意你什么呢？"

　　"不能胜任一个好妻子的角色吧。快结婚时他开始对我提要求，比如要收收心，要更注重和家人之间的关系，他说得有道理我也都听着。婚后就不对劲了，我想出去旅游，在他口中是心野，我在朋友圈发浓妆自拍，被他说不考虑家族长辈的心情。每次我想跟他走走心，沟通一下，他就说我看不清现实瞎矫情，结了婚就开始作，要么就是随便认个错，接着一转头又开始教训我。"

　　"而你已经烦透了他千篇一律的说辞，又逃脱不开，只能不断地改变自己的行为压抑自己的内心，去适应他取悦他。结果发现毫无用处，仿佛他就是正义的化身，而你怎么做都像个等着被宣判罪名的坏人。最后呢，你看到他就觉得自己有错，就想起那些被阉割掉的需求，你只能害怕他，远离他。"

　　"太对了，你怎么知道？"

　　因为我也有过这样的关系，也自卑和逃跑过。后来我发现，当我们想获取纯粹和自由时，总有人会粗暴地给我们安上矫情和作的标签。但他们根本就不是讨厌我们"作"，不过是不知该如何面对我们的需求，索性直接通过扇一巴掌的方式，让我们乖乖闭嘴。

　　那不是作，那是永不放弃自己的心，那是我们的骨头。

而凯莉的可贵之处，正是她永远不会被外界、好友和爱人的此类评价束缚住——"She isn't afraid to look absurd. She loves herself from deep inside.（她从不畏惧看起来可笑荒唐，因为她全身心地爱着自己。）"

她穿着高跟鞋和蓬蓬裙，披着真诚而闪光的自我，露出伤痕累累亦不惧伤害的心，对酒当歌过，也长夜痛哭过，依然把小个子挺得比谁都直，朝她所追求的真正意义上的爱情，那种两个人都深刻而热烈地参与其中的真实关系，大踏步前进。并且她知道，自己有底气，输得起。

相信爱情的人，怎会因几次恋爱的结束就动摇了信仰呢，不过是路漫漫其修远兮罢了。而这求索途中的眼泪和歌，也都是痛快，而非痛苦，虽未得到，却渐得道。

她对"大先生"有无比热烈的欲望。她试着与他谈判，在他的生活里留下自己的印记。她有时放低身段去取悦，有时也因得不到回应而失态。她会在意气难平之时，纵然被再三怠慢，亦能甩开脸面名声朝他奔去，也能在看清了大势已去的关口，面对他的再三请求，凄然一笑转身离开。

她发现自己无法忘怀艾登时，觍着脸去追回这个曾被她的劈腿伤透了心的好男人。我哑然失笑，这在文艺作品里不都是回头浪子做的事儿吗，什么时候轮到姑娘来了。然后他们复合，艾登因耿耿于怀而不能完全投入这段关系，开始用冷暴力来惩罚她。观众们长出一口恶气。而她呢，她直视着艾登，痛苦而坚定，一字一句地说："你必须原谅我。"

"你必须原谅我。"——这句台词可以说令我魂飞魄散。

我有这个勇气吗？倘若我如此深切地伤害过爱人，我会不会就闭上眼睛接受他对我的一切审判和处罚，对自己说，罪有应得？

而她认为，若我们相爱且对感情认真，就必须完整地接纳对方的一切，包括不堪的过往，和给彼此的创伤。做过的错事我已认，今后也不会再犯，你若依然要用无法改变的过去来折磨现在的我和我们，我绝不接受。

大概是从这里，我对这个歇斯底里的女人，有了自己都察觉不到的尊重。

然后是那个俄国艺术家，他看起来像更加成熟并能够给出承诺的"大先生"。凯莉飘飘然地与他去了法国，结果发现自己在一个语言文化不通也没有工作和朋友的地方，成了艺术家的附庸。那个被艺术家招之则来挥之即去的夜晚，她终于从展览馆逃了出来，在美丽如雪花的背景音乐中，穿着像一件礼物的绿色蓬蓬裙，奔跑在巴黎的街头。

整整六季都刻意对这剧保持着一份疏离的我，终于哭了出来。

"你不可以这样对我，因为我也参与在这段关系当中，我是一个有血有肉的人。也许从现在开始我应该看清我是谁，我是个寻觅爱情的人。真正的爱情，疯狂的，麻烦的，耗费心力的，少了对方就活不下去的真爱。我觉得那种爱情，不在这所豪华的房子里。"

凯莉走出了艺术家的屋子，又重逢了来巴黎找她的"大先生"，这个和她一样自私自利，一样无法放弃自由，一样千帆过尽除却巫山的男人。

他们是同一类人，所以一开始没有谁驯服得了谁，他们是同一类人，于是他们终于心甘情愿，归于彼此。

这是给老姑娘的安慰吗？不，这是为每个不肯牺牲自我的人，献上的敬意。

而那些曾经对"作"的不屑，不过是我自问没有勇气如她一般——知道想要获得真正的幸福就必须面临万劫不复的风险，明白要追求刻骨的爱情就可能要面临不那么好看的人性，却依然选择面对内心和直视对方，索要和失去都坦坦荡荡。

如今的我，终于懂得以前那些不平之气，不是别人的，而是自己的。

那个穿着高跟鞋和蓬蓬裙在都市街头蹦蹦跳跳横冲直撞的女孩儿，原来也是我自己。

天长地久，永作不朽。

最好的恋爱，
是互相崇拜

"你觉得他真的爱我吗？"

似乎所有刚分完手的人都喜欢问这个问题，要么是找对方要个说法"你爱过吗？"，不然就咨询一遍身边所有的朋友熟人"你觉得呢？"。是的，我面前又有这样一个刚分手的小学妹。

"在一起这么多年，为什么连结束了我都不明不白的？好像他永远没有错，永远在忍让我。我一直在努力照顾他的感受，然而每次吵架他还说忍我很久，我只能说那你不要忍了，然后就分手了。我不太明白，我就有那么多问题？"

"我没法直接回答这个。你先告诉我，你觉得他爱你什么？"

"我们有不少共同爱好和共同话题吧，笑点怒点都一致，能玩到一起去。"

"这说明你俩能做不错的朋友、室友，但我们说的不是这个。换句话说吧，他崇拜你吗？"

学妹一脸讶异："又不是追星，是过日子谈恋爱啊。他为什么要崇拜我？"

"你崇拜他吗？"

"嗯……我确实很佩服他，他做事专注，目标坚定，有见地，又有趣。我是被他的这些东西吸引了，虽然分开了，但我还是觉得他是个很棒的人。"学妹提起他的表情和她这几年来每次提起他的表情一样，有自豪和闪光。

"那他崇拜你吗？"

"如果这样说……他似乎确实从来没有觉得我有什么值得敬佩的点。这么多年我做的每件事情，没有一件能得到他的肯定。在他的眼里，我做好了就像是运气，没什么好显摆的。我之前在想，因为他比我阅历多，所以是在照顾教育我，我努力去学习进步……可是，不是说谈恋爱就是会让人变成更好的人吗，别人不也是这样？"

"可那前提是，对方已经认为你是很好的人，不给你压力，也会肯定你的成长啊。"

学妹迅速地挥了两下手，像在遮挡自己控制不住的表情："不过，我确实没有什么值得敬佩的啊，我知道自己几斤几两。"

"怎么会没有被敬佩的点呢，你看你在这段关系里，已经被磨得自卑成什么样了。"

她看着我："原来是这样。我终于明白了，为什么每次他都要说忍我很久，在他那儿我根本没有被肯定的价值，我们的关系不平等，那当然是做什么都能挑出毛病。我拼命压抑，希望两个人相处得更融洽，他拼命忍受，努力不要对我挑三拣四，最后两个人都很累，相互埋怨对方不懂事。"

我不太好说怎样才是真正的爱你，但如果一个人从不赞美你，鼓励你，甚至，对，我说的是吹捧你，你在他面前从没有被以仰望的眼神注视得浑身发热过，没有感觉到万里挑一飘飘欲仙过，那么我觉得他是不爱你的。

爱是崇拜的一种变形，相爱的人，互为对方的神。

认识一对结婚二十多年的模范夫妇。先生是企业高管，太太是家庭主妇，孩子都上大学了，两个人每周还是要出门约会，每次上街都要拉着手。这对夫妇看起来收入悬殊，"社会地位"也差得远，可是他们真是恩爱得要命。

有次我们一群人出来吃饭，聊起择偶标准。我说我喜欢的人必须让我有百分之百的崇拜，我说我就是要和能点燃自己的人在一起，不然我不会甘心。当时在场所有人都笑我，说我还是小姑娘喜欢偶像，等到再过几年就知道踏实过日子和小男生有多可贵了。我习惯被这样笑话了，也没说什么。

但就只有那位先生，他看着我说：我相信的，没有仰望和崇拜就没有爱情。

然后我问，你也崇拜你夫人吗？他说是啊，她是世界上最好的女人，最好的老婆，最好的妈妈，没有人再能像她那样了。

他的太太不在场，他的表情和语气特别真诚，让一向没大没小的我也突然变得很郑重。

从功利点的角度来说，我们总听到一个说法是"爱情长跑的秘诀就是保持新鲜度"，于是很多人会教大家去健身去读书去旅行去打扮去每天都有新惊喜。可是在我看来，与其翻天覆地地折腾，把自己搞成一个七十二变的孙悟空，不如想明白对方最离不开你的、最渴求你的、最崇拜你的是什么地方。

做一个点灯人，不要让自己照耀过他的光芒变得暗淡。

上周末我和朋友 L 以及她的新男友吃饭。她的前男友我也见过，但这次她和她的新男友刚走进来，我就觉得不一样了。

和前男友在一起的时候，他们的相处模式就像我们总能见到的夫妇，或者，爸妈那样。两个人有类似的小动作和表情，还有互动的默契。女孩子俏皮轻快地谈论着她最近发生的趣事，不忘揶揄男生几句，被数落的那位像个憨厚的大熊，要么笑笑要么耸肩，一家人嘛，不见外，然后男孩子再给姑娘加点菜倒点水，照顾照顾在座其他人。

他们的确喜欢彼此，也相处得很不错，在大多数人眼里这就是很理想的恋爱模式了，直到后来我听说他们分手，再到后来，见到她和他。

有些状态，比如有爱的人会发光，你没见过的时候，你觉得那就只是个形容。等真的见到了，才发现所有不真实的形容都来自人生。

他们两个人，只要一方在表达，另一个一定会以某种姿态仔细倾听，要么是侧过头来满眼爱慕地注视对方，要么是虽然在做自己的事情但都能在对方说完之后水到渠成地接出下一句。是的，男方女方都一样，他们从不拿对方开玩笑，而是像彼此的粉丝般，给对方最大的注视、鼓励、赞美和热情。

L是个很可爱的女孩子，她的男朋友也是个优秀的人，他们在各自的社交场合中都属于可以给别人留下深刻印象的那种，而当他们在一起时，这种单打独斗的"深刻印象"突然就变成了很俗的一个词，火光四射。

我看着他们，脑子里只有这句话：分开时各自牛×，相聚时天下第一。

饭后我和L单独逛街，男方先回家去，我对L讲："这次能感觉你状态不一样。"

"嗯。"L边走边说，"上次分手，别人问为什么，我都直接回复他们——因为他没钱，不能娶我。我这么回答是因为这样最方便，大家一般不会再追问。但是我明白，其实是我在他身上看不到光芒了。

"这个理由很不切实际对不对？但就是这样，他和我性格合拍，人温和包容，我曾经觉得，不考虑婚姻因素我和他会是最合适的一对。可是到后来，走不下去了，我曾经想过是不是自己要求太高，而事实就是，我们不能互相引领着走下去了。"

"什么叫互相引领呢？"

"就是，怎么说呢，好像互为对方的灯塔吧。你们都觉得我和前男友在一起也很有意思吧，可是，和现在的男朋友相处时，我能感觉到，我们不只是在原地打打闹闹过个小日子，我们在往更高的地方走去。原来世界真的可以是我想象的那个样子，而且可以更好，只有和他在一起我才看得见。

"和我前男友刚认识时，我觉得他蛮有意思，并不多么出色，然后是他来追求我，我也需要谈个恋爱，被一些情话和场景刺激，就在一起了。

我们相处得很好，但也就是相处得好而已。

"他的所有闪光点，是我在相处中努力总结出来的，而我从未全身心地崇敬他。所以在后来面对一些坎儿的时候，我会责怪他，然后觉得他无能、窝囊。我知道他努力了，但我没办法，到后来我已经开始有意无意地贬低他了，这多恐怖，他明明很无辜。

"现在的男朋友，往俗了说，就是满足了我对伴侣的一切幻想。和他在一起我从不会觉得生活琐碎无力，因为我足够幸运了，生活对我特别好了，还不甘心个什么。"

"那他呢？他也崇拜你吗？"

"你放心。经历过一种情感，你就会在每次遇到那种情感时再认出它来。他的眼神我知道，那也是我每次看他的样子。"

她说得没错。我看得见。

互相仰望才能有平等的恋爱关系吧，因为互相仰望，所以会互相包容，然后去互相保护。我们崇拜对方，赞美对方，对对方永远有无限的好奇心和信任，一起探索这个世界，一起学习。然后我们从这份爱里，坦然稳妥地，自信温和地，蜕变成长。

她身上要有你特别迷恋的美好，你才会不顾一切想要捍卫她的可贵，他一定在什么时候照耀过你，你才能凭着对这些温暖光明的记忆挺胸抬头地走下去。再伟大的男神也会放屁口臭打呼噜，美丽的女神一样有内裤破洞的时刻，女神也会焦虑不安，会毛毛躁躁，会更年期会来"大姨妈"。

我们如何在燃烧完最初的荷尔蒙之后，看向对方的眼神中依然有着熊熊的火光，有温柔的长吻和满足的叹息？

有崇拜，才有心甘。

"你爱我什么？"

我曾经以为这个问题没有答案，能确切说出口的都是敷衍。

我爱你什么，没什么。爱是要通过时间和事件发酵才会出现的，我爱你不过是因为你是你，不过是因为我们走过的岁月不可替代，不过是因为你是我身边唯一的人。

但是不对。

我爱你，因为你是无所不能的，因为你是生机勃勃的。不是因为你对我好，而是因为你就是好，你满足了我的一切幻想，不是因为相守的岁月已经成为人生，而是因为相伴的路上你用光芒辉映我的眼睛。不是因为你在我身边所以你是独一无二的，而是因为你是万里挑一的，感谢你在我身边。

我的意中人，是个盖世英雄。

肉麻吗，肉麻就对了。

我会永远记得第一次看见你的心情，我也会永远记住，被你看见的那个时刻。

我们光芒万丈，我们无坚不摧。

还有什么比你和你爱的人，都是最棒的人，更令人幸福呢?

没有了。

让我感谢你，
可以喜欢你

跟男朋友在家吃饭，喝到半醉时他切了音箱里放的歌。我听到前奏就开始笑，他妈的，居然是这首。

男朋友问："你知道这是什么曲子吗？"

我说："《琵琶语》啊。"

他："这首曲子是……？"

我接上："《一个陌生女人的来信》。"（林海演奏，徐静蕾版本电影主题曲。）

沉默了三秒钟，我终于抬起头问："你知道这个故事对我……"

"我知道。"

去年有那么一段时间，我把《一个陌生女人的来信》反复读了几十遍，几乎手抄完了几万字，所有版本的电影翻出来在黑暗里看，在看同名话剧的最后几排揪着胸口睁大了眼睛哭。

那时候他在做什么我并不知道，反正一定与我无关。

而这个夜晚他放起这首歌，我们接得上所有的句子，流水一般毫无间断。

有那么一个时刻，那是你活着的全部目的，也是你可以立刻死去的所有理由。我觉得，就是这一刻。

陌生的女人卑微吗？怯懦吗？痛苦吗？一点儿都不。

在爱情里面，付出比索取快乐。我反复在说这句话，也有无数的人苦口婆心又义愤填膺地告诉我：放弃吧，别爱了，要点儿脸吧，你连备胎都不是，这只是犯贱、在纵容对方。

那些欺骗感情的渣子当然要果断离开，这里的付出也不是说我喜欢你就要给你打钱还赌债并且再为你打三次胎。

付出是，爱的能力。

爱是一个人的事，爱是你的光芒照耀进了我的生活，是你的存在让我明白了生命会有的另一种可能性，而我想对你好，我想通过什么方式，比如去爱你爱着的人，比如走你走过的路，比如永远的支持与包容，来表达我的感恩。

真正的爱情，才不是你五块我八毛的博弈战。

我爱你，我想对你好，当我不爱你了，我也会转身离去，我的心和身体是自由的，这是能爱的最大好处。和你爱不爱我，你对不对我好，毫无关系。

你还记得爱一个人的感觉吗？或者说，你真的遇到过爱一个人的感觉吗？

那天跟朋友聊天，我们都觉得，身边要找出几个示好者并不难，要谈几次恋爱似乎也很容易，但是要去找一个你真正愿意在内心里投靠的人，让你在迷茫中感到力量，在微笑时想去分享，在忧虑时不慌张的人，能让你重新想变得强大去站在他身旁的人，太难了。

当所有人都在让你多喝热水天冷加衣的时候，他的出现直接将你点燃。你会不会"就算在坟墓里，也会浑身涌出一股力量，站起来，跟着他走"？

在喜欢着他的两年里，我关心他的一切动态，所在的城市天气如何，要去的地方有没有好的小吃，事业是否顺利，身体是否健康，万事是否如意，恭喜是否发财。我在他看不见的地方，在其他的江湖里，为他理直气壮讲话，在他看得见的地方，在他需要我的时刻，毫不犹豫地出现。

难道没有过被忽视而失落的时候吗？也是有的。

但我总会问问自己，你还爱他吗。

还爱。

嗯，那就甭叽歪，我们继续。

付出比索取更了不起，因为索取大多数是欲望，是讨价还价患得患失，是菩萨你如果显灵我就来还愿，不然你就是什么狗屁东西。而付出是爱意，是善意的信仰，你照耀了我的生命，我开始有意识想要变得更好，我也想要用尽我的一切，给你我所有的力量与温情。

去年看完《一个陌生女人的来信》的话剧后，我发了一条朋友圈："我懂了那个陌生女人。我也和她一样，对你保持隐秘而骄傲的忠贞。"

是的，我的感情隐秘，因为我不想要打扰你。如果我对你好的方法让你感到不适，我愿意不出现，或者学着用你觉得舒适的方法来照顾你。"你开心"这件事，远远比"你爱我"更重要。

我的感情骄傲，因为在一个追求人可以用撒网捞鱼心态的世界里，居然还有一个人，让我真正地变成一个女人，让我想要付出二十多年来所积攒的所有灵性与温情，好好活一次。

我感激这奇迹的出现，我骄傲于自己的坚持。我甚至在你不那么爱我的时刻，不想对你说太多美好的句子。情话出口就有了乞求回报的成分，而我的骄傲，就是不乐意用"对你好"来打动你。

与其说我忠贞于你，不如说，我忠贞于我的内心。

我不愿胡来，不乐意将就，累了想不爱了的时刻也有，但做不到。不是没有追求者，也不是没有面对一堆破事手足无措坐地大哭的时刻，但不想为了获得被"宠爱"被"照顾"而去把自己和不爱的人放在一个互动状态里。

爱你是我抵抗这茫茫尘世的一点儿昂首挺胸。你爱我当然最好，但我对你好，从来就不是为了得到你，我只是无法对他人好，我只是只能爱着你。你不需要为我做什么，你的出现，已经是你能为我所做的最好的事情。

卑微吗？根本不。我们没法选择有什么人会爱自己，对我们好的方式是不是令人喜欢，但我们可以去选择爱谁，去怎样爱，去好好感受爱人的奇迹。

有爱的能力的人太棒了，爱本身就是最大的力量与尊严。

后来，男朋友抱着我说："谢谢你这么喜欢我。"

我揉揉他毛茸茸的脑袋说："你知不知道爱一个人有多神奇，是我要感谢你，可以喜欢你。"

我们为什么
需要一场求婚

和一个刚结完婚的老朋友见面，问他结婚时最难忘的一段是什么，他笑着说："求婚仪式太重要了。"

　　"奇怪，花心思花时间花钱，得到一个早就知道答案的结果，很重要吗？"

　　这位平时木讷又害羞的直男抬头看着我，说出了我们相识以来他一次能够完成的最长的句子……

　　"我跟她认识了十年，没有追求也没有表白，自然而然到了一起。这么多年我一直不太会宠她，不管是对未来的规划还是生活的细节，都是她在跟随、包容我。她是个独立要强的姑娘，这样做太不容易，也积累了好多怨气。本来我想，和她商量个日子就把证领了，过年再回家摆酒席。

　　"可是跟另一个朋友提起的时候，她说，必须有个求婚仪式，婚礼现在大多数是给双方家庭的交代，就算做得了主也多数是女孩子规划，但求婚，是一个男人自己决定要去做的事。"

　　说完这话后，他把手机里的求婚现场视频打开给我看。

　　男生工作的地方，一个大摄影棚。所有同事好友还有男主角本人踩着梯子开着升降机上蹿下跳把纯白摄影棚装满了海报照片鲜花气球，嗯，就像我们看到过的那些，特别特别"俗气"的求婚现场。女主角进场，全场欢呼，男主角献花求婚，女主角掩面哭泣，拥吻，宣誓，接受祝福，皆大欢喜。

　　我一个空闺女汉子，居然也在屏幕外流下了眼泪。

朋友小心地把手机拿回去放好。

"经过那次仪式后我知道，再利落强势的女朋友，嘴上说着不在乎求婚、节日、婚礼，都只是怕失望，怕麻烦，才会装作不屑一顾。

"其实哪儿会真的有人不在乎呢，连我一个曾觉得自己不在乎这些场面的人，当亲手去准备和布置现场的时候，心里想起两个人走过来的路，也是真的感动。于是我发誓，要给她一个最好的求婚仪式和最好的人生，这才配得上她和我们的感情。

"我们结婚后有过几次争执。和好后她说，有时也想一走了之，但是想起那个我花了大力气准备的求婚仪式，想起我们在别人面前互相承诺的那段，所有的怨气都消失了。那一刻的感动，好像可以支撑我们一辈子走下去。"

以前的我，也是不明白求婚和婚礼有什么必要性。两个人感情水到渠成，为何要"在意表面的东西"，有那个金钱精力时间出去环游世界不好吗？谈了几场磕磕绊绊的恋爱，感受了一些有的没的的折腾，才发现一些事情并不仅仅在于表面。

人生说白了，是体验和记忆点的积累。表面的仪式带来内心的庄严，共同的体验让我们有好故事能说。求婚也好，婚礼也好，纪念日和节日的用心庆祝也好，恋爱之所以和单纯的相爱不同，是因为它是两个人共同努力创造的生命体验。

环游世界我要，柴米油盐我要，求婚婚礼我都想要，它们并不矛盾，都是我和你，决定携手面对人生的两个人，要一起准备、一起努力、一起体验的全部事情。

我啊，曾经特别爱一个人，知道两个人很难走得长远，于是拒绝了和他创造更多记忆的可能性。我不敢给他起昵称，不愿和他出门旅行，不送他礼物怕他不喜欢，也不收他的好意怕分手后看着伤心，甚至连约会见面都刻意减少。后来呢，确实分手了，我想收拾一下记忆，却发现我们好像真的除了几句我在半夜发的句子，什么都没有留下来。

是我不敢，才会不配。

我希望能一起庆祝大大小小的纪念日，你记不得没关系，我会来用心准备，只要你表现出对我心意的体贴和欣喜。

我希望互赠礼物，我希望一同出游，我希望和你有好看的照片可以炫耀也可以压箱底，我希望和你穿得特别好看，拉着手出席大大小小的场合。

我希望一段感情里，能有表白、求婚、婚礼这些仪式点，可以简单，但要正式。我们郑重其事地，热泪盈眶地，对彼此宣告，对他人宣告，我们相爱，并将忠诚，跨越困难，厮守终生。

五年之后，当你们一起帮朋友准备求婚的时候，他喊着"哎呀，我当年就是这个地方差点儿出岔子，你们可小心点儿"扭头看向你，你穿着白 T 恤想着他当时连词都念不顺的狼狈样子笑得骄傲无比。

二十五年后，再翻出求婚时的视频，结婚时珍藏的礼服，旅行时拍的照片，纪念日互赠的礼物，你们感叹，就是这些小东西啊，所有密密麻麻的记忆点，照亮了以后那么多那么多琐碎灰暗的日子。

人生漫长万里，艰难不尽，而我意志软弱，只是偶尔会面临巨大的诱惑，偶尔会想要放弃的普通人，我需要一些仪式性的记忆，提醒我曾经有那样一个时刻，你看起来有点儿狼狈，却又光芒闪闪地站在我面前，曾经有那样一个时刻，我们在众人的注视下，只看着对方的眼睛。

那个瞬间，就是永恒。

分手后，
我才拥有了你

那年回家，从抽屉里翻出两个旧手机，都是红色的，一个索爱，一个诺基亚，满身划痕，掉漆斑驳，用了两三年，再也开不了机，没有任何出二手以及送人的可能。

我很感慨地写下一句话："把一个东西用到坏，它才真正是你的。"

彼时我正处于某段关系的强弩之末。对方好言好语，说好聚好散，而我依然满怀疑问，不依不饶，想要再榨取出所有的可能性。直至后来，他整个人消失蒸发掉，被我逼的。

然后我赌气地想，既然无法平静相忘也无法携手终老，那么留下悲伤往事于记忆中时时作响，也算白首一种，地久天长。

也是气话，也是实话。

拥有一个百孔千疮的包，拥有一个开不了机的手机，如何拥有一个活生生的人呢？

"以后呢，你就是我的人了，像我的驴子一样，给你盖个章。"紫霞手掌一飞，给至尊宝脚底烙了三颗痣。

年少时分，热情上头到如泣如诉，慢慢抚摩着对方的皮肤说，在这里咬一口，在这里亲一下，明天你要走了，给你再多留一点儿痕迹好不好，还不够，不如我们去文身，留一个关于对方的印记，这样你就是我的了。

后来明白，这都是小孩子的把戏。吻痕会消退，文身的保质期不比誓言更长。某段恋爱里的来往短信我一条都没有删，如果信物的多少能够证明爱意的深浅，如今我为什么连他的样子都记不起来？

前段时间去北京，见了一个刚分手的朋友。她欢天喜地，拉着我说，以前你每次来都没能招待，如今终于自由万岁了，我带你走走。

我们在小胡同里七拐八转，在城墙根下吃烤地瓜，在某座不知道叫啥的桥上看小孩儿滑冰玩儿，我兴致高涨，她却越来越安静，偶尔恍神，刚刚恢复单身的新时代女性形象越发萎靡。

晚饭在一家连大众点评都搜不到的涮肉馆子，羊肉新鲜足味。我边往嘴里塞东西边说，你多吃点儿啊，下午那么蔫儿的样子，饿了吧。她咬着筷子尖儿不出声。

回酒店后收到她的信息："我也不是北京人，今天咱们走的地方，都是他带我去过的，我们固定约会的路线。晚饭之前，我特别想带你去个跟他无关的地儿，却怎么也想不出，还是带你去了那家他最爱的涮肉馆子。之前我说他留下来的都是坏的记忆，比如把他的爱好一股脑儿扔给我，比如不按常理出牌让我无法适应，然后我今天发现，原来那段时间里我也是开心过、坦然接受过的。我不后悔离开他，但好像真的没有一刀两断这回事。"

和一个人在一起，慢慢有了他的习惯。原本听着好气好笑的他的胡说八道，突然有一天，你也开始用词浮夸。原本看不得闻不得的，他最爱吃的葱姜香菜，突然有一天你也开始念念不忘起来。曾经每次吵架时都做冷处理的那个人，看多了他理直气壮把所有不爽都发泄出来的样子，突然有一天，你也一蹦三丈高把架吵得淋漓酣畅。

曾经那么坚定，说自己不可能被任何人改变，突然有一天，你发现，在日复一日的亲昵与争执中，在共度了一切难堪又共享了所有荣光后，在无数枯燥的生活细节里，你们终于无法分离。

说不清楚，到底是他留给你的习惯，塑造了离别之后的你，还是说，他本身就是隐藏在你灵魂中，却未能被你发掘出的另一面——你与他分别的这条路，正是找回灵魂深处那个自己的过程。

《春娇与志明》里，分开一年的余春娇和张志明都有了新的优秀伴侣，你有你的生活，我有我的忙碌，一切似乎正朝着光明前进，可和新人相处得越久，前任的影子反而越清晰。

春娇半夜看见有人在路边洗车，幻想那是凶手在处理犯罪现场，Sam 对春娇表白，说就是那一刻我爱上了你。而春娇听到真相流下眼泪，原来她被张志明影响得连自己都没发现，这一直是他最爱玩的被害妄想症把戏。她用张志明的手法制作工具，用张志明的眼光打量世界，她那么努力地摆脱张志明，去寻找和他截然相反的拍拖对象，到最后，她居然变成了张志明。

我看过一个问题是，失恋后最难过的是什么时候。

不，不是努力控制住自己不要跟他联系的日子，不是看到他有新欢，你被嫉妒折磨得发疯的那天，而是时间走了很久，你觉得康复也没有那么难，然后某个平凡的时刻，你发现你们拉手走过的路，变成了你会推荐给他人的旅游路线；你们一起认识的朋友，成为你每次聊天时都会拿来举个例子的人；你们共同发现的好饭馆，就这样改变了你前二十年的吃饭口味；你们用一个耳机听过的歌，到后来你听歌的 App 换了又换，总不会忘记先把它下载下来。

这时候再去说那些社会角色意义上的"分开"，有什么用呢。房子给你，车子给我，大路朝天，各走一边，而身后的对方，如影随形。

电影里心意相证的男女主角自然是破镜重圆两相欢喜，而现实中哪儿有那么多顺风顺水回头是岸的好戏？悲哀的是，你们终于分开了，你们却从未能分离，喜悦的是，你们离开对方，却在真正的意义上，永远拥有了彼此。

原来啊，我早是你的人了。

我和同一个人，
谈了好几场恋爱

"说实话，我觉得这样更好，无论怎样都是这个结局。与其抓住对方不愿放手，还不如早点儿整理关系。既然左右都是要分手的话，越早分手越好。你问我伤心吗？不啊，为什么要伤心啊？"

　　"一般大家分手后，不是又哭又闹的吗。不过只有电视剧才会那样，在现实生活里，谁会那么做。当我失恋后，我就明白了，原来这就是解放的感觉。"

　　一部叫《恋爱的温度》的电影，一开头，是刚刚分手的女主角张英和男主角李东熙这样对镜头兴高采烈地说着。

　　分手的那个时刻，每个人都觉得自己处理得足够完美。

　　他小气又不上进，买单时总露出心疼的神情，和他约会时我要刻意点一些不那么贵的食物，离开这种人才是解脱。她太喜欢发脾气了，歇斯底里的，和这种女人要怎么继续生活，简直是噩梦。嗯，分开才是对的，也并没有很伤心，反而轻松了不少，明天大概就能开始新生活了吧，太棒了。

　　然后画面一转，张英在卧室的床上辗转反侧，在上班的公交车上泪流不止，李东熙在认识新女孩的聚会上醉酒失态，大喊着前女友张英的名字。

　　在同一个地方工作的两个人，在各种各样的交集中不断为难对方，名为报复，实为检验自己的不甘与对方的贪恋。她向他索取所谓的分手费，跟踪调查他的新女友，他在公司聚会上对她出言不逊，对她的相亲对象大打出手。

两个人精神百倍地折腾了一阵儿之后，终于在一次公司集体出游中，在同事面前大闹一场。尚未清算干净的爱意汹涌而出，他们重新面对了彼此。

　　在他们下决心再次拉起手来的那个车站，张英有点犹豫，据说分手后复合的概率是百分之八十二，但是能走到最后的只有百分之三，谁能保证我们就是那百分之三。然后李东熙说，中彩票的概率是八百一十四万分之一，但依然有人会中奖，所以，百分之三是个很大很大的概率。

　　介绍中说，这是一部讲情侣复合的片子。而到复合的这个时候，电影的进度条刚刚走了一半而已。

　　电影先放到一边去，我们来说说自己。

　　都有过吧，那种并非因为不爱了的失恋，那种让你憋着一股气儿的失恋，那种好像被冤枉了的失恋。

　　一个学妹分手了之后，问我有没有再去找男方把话说清楚的必要。她说明明一直都是他在肆意发泄情绪，她在百般忍让求全，可凭什么又是他说分手就分手，搞得所有的错都是自己的一样。

　　通过几十米长的微信聊天记录，她得出的结论是：不找，既然已经决定了要分开，再做纠缠也都只是无意义的出气而已。

　　学妹气鼓鼓地在朋友圈发布了一条宣布分手的状态。然后一周过去，我看到她在微博上乐呵呵地为"前男友"的新工作成果摇旗呐喊。

　　几年前的我，应该会写一条关于"不要太投入心力安慰所谓失恋的朋友，因为你这头陪她骂完前男友，转身就能看到她求复合秀恩爱"的微博吧。但当时，我笑了一下，为她松了口气。

　　她过了几天还是给我发了条微信信息："学姐，我复合了，你别骂我啊。"

　　骂什么呢，人总要有个出口，宣泄情绪的出口，解释不甘的出口，挽救过去和未来的出口。

想起曾经在异国他乡看着孤单的月亮打着越洋的电话，本来是想撒个小娇突然莫名其妙说了分手的那个我，刚开始强装镇定道了晚安，以为这就是好聚好散，第二天坐立不安，第三天郁郁寡欢，第四天走一步就掉一滴眼泪，然后终于在对话框里打了一行字过去，说那晚的气话是我的错，我向你道歉，想知道还能够挽回吗。

那边回复："不能了。我想得很清楚，我们分开了。"

拨电话过去，不接。发了一句一句支离破碎的文字过去，不回。

那是我第一次知道，电视里演的不是假的，人在感受到无助绝望的瞬间，确实会号啕，会跺脚，会捶墙，还会砸东西。

你告诉我好马不吃回头草？可我只是想活下来。

故事尚未写完，你知我知，何至于此？如果你的心还会被撕扯，就别辜负当下那一刻。

进入电影进度条的下半部分，张英和李东熙重新回到了情侣关系。

失而复得的感情刚开始总是异常甜蜜，他们捧着对方的脸有点儿不太相信，又很认真地吻了下去。两个人都清理了之前的异性关系，张英不再作天作地，总是温柔地笑着，李东熙也不再懒惰小气，除了搞对象就是忙工作。好像那些臭毛病都改了，他们没有争执也没有分歧了，可谓是举案齐眉，相敬如宾。

相敬如宾，是好事情吗？

两个人在影院里看到了女性出轨的场景，李东熙想起了张英在那段分手期接触的异性，浑身不适，走到外面。张英心里清楚，跑出来看他，主动说电影不太好看，不如去吃饭。

张英收到了李东熙小前女友发来的挑衅短信，按照以往的性子，她会把手机一扔，跟男朋友大吵一架，但她在李东熙疑问的眼神中，笑着摇摇头说没什么。

每个人都有一肚子话要问，每个人都在用力按住情绪给出微笑的表情，每个人都在避免吵架，也避免了把问题讲清楚的可能性。

　　"感觉好像和以前不一样了。那种如履薄冰的感觉，就像不安的感觉，那种强迫自己不要去吵架的感觉吧。不用鸡毛蒜皮吵架是好的。可以的话互相忍着照顾对方，当然要努力。慢慢地会好起来吧，我们都了解对方的心意，一点点来，一定会回到以前的。这次我们都想要好好交往，一定会好起来的。"他们面对镜头独白。

　　没有好起来。

　　满腔心事的他们，开始默契地远离彼此，然后在朋友聚会上尴尬地与对方碰面，一晚无话可说。最后，在为了修补关系而进行的游乐园之旅中，一人受不了压抑的气氛掉头离去，一人在大雨中愤怒地打掉对方的伞。

　　影片的弹幕处，有人开始大骂男主角渣，说就是爱得不够深。

　　我不愿意把一段自由恋爱的结束归为谁是坏蛋谁对不住谁。抛去那些极端状况，指责对方不爱或渣，当然是最轻松的事情，可若只会这么想，大概失去了在亲密关系中让自己变得更好的能力。

　　李东熙质问张英，为什么要为所欲为地离开。张英说是你还像从前一样总在给我脸色看，而我在努力改变，怕说错话做错事，现在我只想给自己一个调节心情的机会，这样都要被你责怪。李东熙怒吼道你才是那个没有变化的人，总觉得和我恋爱只有你在付出，难道只有你伤心吗，我害怕你不开心，连呼吸都变得不自由，你的眼里却只有自己。

　　话终于说开了。自以为在奉献的人，不知不觉中给对方定下了肆意妄为的罪名，一味被自己的牺牲默默感动着，看不见两个人都在以自己的方式奋力修补着关系，可能有些笨拙，却是真心以待。

　　忘了说，在电影进度条还未到一半，两人决定要重新恋爱的时候，李东熙给张英打电话，说要去找她。

"我去你那里。""我去你那里。""那样会走岔的，就到我们分开那里见吧，还记得在哪里吗？""嗯。"

两人开始向所谓分开的地方跑去，凭着记忆转来转去，却怎么都找不到回去的路。

并不是因为同样的原因才再次分手，而是我们都自以为是地避开了那真正让我们分手的原因。

曾经听过这么一句话：最幸福的事情，是和同一个人，谈不同的几次恋爱。

谁会是那百分之三复合后好好走下去的人呢？我想我那位学妹算是。后来我们聊天，她说复合后不吵架是几乎不可能的，但这并不是走到了上次感情的轮回里，而是双方在总结之前的问题，也在摸索新的相处模式。

这种带着火药味儿的相处可能要持续很久，你会发现接下来的路上都是前一段恋情里挖好的坑。有人可能会疲惫不堪，但如果还确定相爱，确定想要继续纠缠的人是对方，另一个人必须挺身而出，不顾一切地坚持下去。而对方也能感念于你的成长与不易，在下一次你想坐在地上的时候，蹲下身子来抱着你。

分开的那刻，双方都把所谓的导火索当成了分手的原因，一方指责另一方不包容，另一方责怪一方爱发脾气。走了一段路回头看才发现，感情和人生是相互作用的，伴侣的一部分行为习惯都是另一半塑造的，好与不好，谁都脱不了干系。

松浦弥太郎说："我倾向于把坏了的东西继续使用，甚至觉得东西坏掉的那一刻才是你们的关系真正开始的时候，不要急于马上丢弃添购新品，而是下决心修好它。与人交往也是一样，经过冲撞、摩擦、破裂产生嫌隙，然后慢慢修复它，这才是你们深层次关系的真正开始。"

学妹说，即使这段感情没能走到结婚生子的一步，她也感觉修成了正果。人力已尽，默契已成，听天由命。

　　至于那个哭哭啼啼求复合的我嘛，在双方都冷静了之后，我们也决定再在一起，虽然磕磕绊绊依旧不断，也是牵牵扯扯地走了下来。

　　和同一个人谈好几次恋爱是什么感觉？

　　有时候很开心，有时候很痛苦，但依然觉得，和你在一起的时候，我才能变成更好的自己。

比爱情更珍贵的，

是喜欢

"喜欢"这个词，念出来，an的余音会被拖得很长。我要说的是两种喜欢，比爱情更珍贵更遥远的喜欢。

第一种是在爱情之前，比爱情更长的喜欢。

我去参加了大学时暗恋的学长的婚礼。几年没跟他讲过话了，某天看见他在朋友圈里发了婚纱照，一股奇怪的情绪上来，我发评论说，为什么结了婚都不请我去? 他回复道，婚礼还没办呢，就在下个月，你来吗?

来啊，为什么不来。

虽然没有旧时好友拉着我的手让我深呼吸别哭泣，满场觥筹交错，也并无一个我熟悉的人，哦，有一位，他在台上，在司仪说"你可以吻新娘了"之前"更高更快更强"地吻了那个可爱姑娘的唇。

并无不平之气，我把掌鼓得响当当。他不是前男友，也从未知晓我的心意，或许知道，也觉得不理会为好。

我入学时他在准备毕业，在某次学院活动的现场碰见。所有人都在疯狂表示对这位传奇人士的倾慕，我闭着嘴抱着手瞪着他，站在角落里，这个人很厉害吗，妈的，好像的确很厉害啊。第二天下午收到他约我出去吃饭的短信，我吓得从宿舍床上滚下来。

见面在校外的萨莉亚。那是我第一次吃西餐，不会用刀叉，于是边假装热爱喝水边从杯沿观察他的动作。左手拿刀右手拿叉吗，好的。我胸有成竹开始了表演，然后把一块肉歪歪扭扭切飞出去砸到了自己的腿。

据说左撇子智商都高对吗，行吧，原谅他了。

吃完了这顿饭，没有下文了。我喜欢的心能拧出水儿来，溅得一地狼狈。

为了让他主动更进一步，我选择了使用技能"忧郁文艺的气质"。技能详解：话不好好说，人不好好做，眼不正着看，事儿不靠谱办，使对方更加迫切地走近我，来挖掘这个冰山外表下熊熊燃烧的火。

效果非常好，我们很快不咋联系了。别笑呀，哪个少女敢拍着胸脯说自己没有这么自以为是过？

他要出国读研了。最后一次见面我说留个纪念品吧，他掏出两个火柴盒大的玩具汽车模型，我把它们放在宿舍的抽屉里，又在我毕业的时候，带回了家。

没有会错过的爱情和人，我认为。如果那时我自如一点儿，不拧巴一点儿，表现出一切他热爱的品质呢？我们也不会有什么。

后来跟他在QQ上聊过几次，隐约知道他交往过一个是选美冠军的女孩儿，又被她的热爱交际搞得痛苦万分。深夜里的电脑屏幕幽幽亮着，人各有志，各有悲欢离合喜怒哀乐。

我一直没告诉他，大学四年，甚至毕业后的又四年，我依然在坚持的一些东西，和学弟学妹们的血缘联系，是他传给我的。远在天边的偶像力量是虚幻的，亲自交手过，面对面仰慕过，同张桌子上吃饭时耍宝出丑过，才会想要以成为他的方式，和他"在一起"吧。

有一些人，就是会一直喜欢着。从那种两小无嫌猜的喜欢开始，却没能变成情欲也没能变成爱，然后我们不说话也没再见面，好多好多年过去了，想起他，变成了会珍惜和感激一辈子的喜欢。

我接下来要请出有着爆炸粉红青春时代的酷酷美少女朋友，查理。

高中时的查理喜欢一个太阳天秤座月亮狮子座的自恋花美男，那小帅哥嘴上说不喜欢她，却只跟她一个女孩儿玩，带她在操场放风筝，陪她逃课看星星，可他就是不承认对她的好感。后来查理哭了一场，换掉电话，不再联络他。

一年后的某天，她收拾东西看见当年过生日逼他折的一瓶纸星星，不知道哪儿来的耐心，一颗一颗拆开看，发现有一些是有字的。把有字的都拆开后摆在一起，变成一句话：××我喜欢你。

再后来，再再后来，查又遇见他。他说在那次大吵一架后，他发过一条长达十二页的短信给她道歉与告白。而查理早已在那年被拒时换了号码。男生的自尊心也让他没再打听过这件事。在烧到热切的时刻，一切停止。

她很轻松，他很遗憾，他说永远不会忘记她，她说好的再见。

某次突击看完大量国内青春片后，查理大半夜的发了篇文字感叹："喜欢是种特别珍贵的感情，比爱情还要珍贵。喜欢里面包含的内容天真纯粹又无私，没有目的性。细想想，走入社会以后就再也没有这种感情了。无论是客观条件上，还是心智水平上，都不再允许人们滥用它。这真的是只属于青春的记忆。青春的三年，五年，十年，你去用心对待一个人。换作现在，谁也不想当个傻子。但我始终认为，被喜欢是一种温暖，喜欢别人才是真的体会过美好。所以我看那些讲青春讲初恋的电影，想到的不是那些轰轰烈烈的感情，不是经历的那些谄媚或者有趣的人，而是对那些真的喜欢我好多年，或是我喜欢过好多年的人的回忆与感恩。没有喜欢，哪儿来的青春。"

她话可真多。

第二种喜欢在爱情之后，是比爱情更远的喜欢。

和对象吃牛肉火锅，两个人点了十盘肉。他吃饱了专心喝酒，我左一漏勺右一筷子地打扫战场，能感觉到他喝着喝着开始盯着我看。

突然他拿着啤酒杯越过桌面贴了一下我的脸说："我还真的是很喜欢你啊。"

我不屈不挠地抬起头，在塞了一嘴牛肉的同时力求每个字和标点符号都清晰饱满。"你不爱我了？！"

"我说的这个，是有了爱之后才有的喜欢，是真正的喜欢。"

"哦，好吧。"

"好个屁，你知道我在说啥不？"

"知道。到了我们这个年纪呢，已经没什么时间慢慢培养人之初，性本善的好感了，金风玉露一相逢，只有人之初和性。你侬我侬之后，情欲纷纷的面纱撕掉，在贤者时间里，我们能更情意绵绵地与对方相处。慢慢地，原来性生活之后还想抱着睡觉，睡觉之前还想多说几句晚安，我们开始有意识去滋养对方的生命，也不由自主地去想共同的未来，这就是爱了。但有一天，爱情是会消失的吧。如果没有爱情我们会怎样呢，这时候你发现，剥离了一切关于异性相吸的因素，你依然发自内心欣赏对方的性格，觉得对方很可爱，没毛病，圆头圆脑，吃饭大口，再见即使做不成朋友也不会是敌手，若有来世你不再是异性就来做我的好朋友。

"所以你对我就是这种喜欢，爱之后的喜欢。"

男朋友说："非常对，我再叫瓶酒。"

我经历过几段感情。有的因未尝人事而赶鸭子上架，感情稀薄硬要表演情深似海，也有过于泥潭中紧握救命稻草，又因稻草无法承担命运之重而两相怨恨。有些人我并不会祝福，也有些面目已经模糊，但的确有一些关系，让我感受过真正的光明与芳香。他见识过我全部不好看却真实的样子，我也经历过他最难以启齿的时刻，但我们依然对彼此珍而重之。在我们身上所有被点燃过的火都熄灭了之后，还有一些亮光，是不会消失的。

那种光，是能影响你一辈子的力量，让你在想起过去的恋人时，可以没有怨恨和悔意地说，我们曾相爱，这毫不心酸；在遇见新的缘分时，永远能坦坦荡荡地直视对面那人的双眼，不疑虑，也不自卑，笑着伸出手来，走向下一段爱情。

这大概是我想到的一对爱人，最好的结局。

真正美丽的绽放，是从你接受了自己

可以不那么『美』的时候开始的。

Chapter II

瘦二十斤的人生会开挂吗

独居女子备忘录

恭喜你，没有选择继续和父母同住，也从和室友合租的屋子里搬了出来，你选择了独居。这证明，你正在形成独自决断和承担后果的勇气，开始成为独立的大人。

独居对我们来说代表什么？

无数次看到"一个人看电影／出去吃饭／旅游如何才能显得不尴尬"之类的话题，想起还未成年时的我也是那样。走在小城市小学校里，总觉得每个人都在对我指指点点。不敢落单是怕别人认为我没朋友，其实还是找不到自我存在的那一份底气。

长大后反而喜欢独自出行，能自由控制步伐节奏，也不需要在口干舌燥时寻觅话题，全神贯注，随心所欲。

而独居的问题似乎比独自出行要大一点儿，因为你需要凭一己之力承担起这一套小房子的呼吸与悲欢。

清静是有了，寂静也随之而来，自由是有了，但或许会有些无法自律，空间是有了，有时却有点儿熬不过时间。最恼人的并不是洗澡洗到一半水管爆裂或者从浴袍里爬出一只大蟑螂这种事，而是加班过后的一些夜晚，你发现如果自己不说话，空荡荡的房间里就一点儿声音都不会有，那种突如其来的感觉，确实有点儿难以排解。

读我文章的姑娘，大概都比较年轻，有点儿脆弱迷茫，更多的是跃跃欲试。不需要为自己的孤单感到羞耻，但如果你和我一样，与能随时随地感受得到人情温暖相比，更割舍不开可以洗完澡不擦干身体披着浴巾就在客厅和卧室间走来走去的感觉，那么我很乐意提供一点儿建议，让你的独居生活更有滋味。

一、享受做小家务和掌握生活技能的感觉，亲手创造这个家

第一条是不是就会让你有点儿退缩？别害怕。小家务可不会是西绪福斯的巨石，做家务本身，是在创造这个家。

某次有朋友来我家玩，夸赞我家收拾得好，问我是否经常请阿姨打扫。想到自己刚住时也请过几次阿姨，后来发现，有阿姨帮忙时，自己反而邋遢懒惰，就好像和男朋友住在一起的时候，吃完饭总把碗堆在那里，等着谁看不下去了去刷。后来熟悉的阿姨回老家了，我买了很不错的清洁工具，开始自己每天吸吸地掸掸尘，隔一两周擦擦玻璃通通下水道，在曾经以为是麻烦的叠衣晒被中，突然找到了一点儿成就感。

这个家是我的，是我亲手维持到如此窗明几净清澈可爱的，这让我觉得自己是个对自己有用的人。

又想起很久前家中花洒断裂，我手足无措到自我拷问，何至于还未搞定一个能帮我修花洒的可靠男人。几年后的现在，我左手拿着手机问百度，右手举着老虎钳拧花洒，心里终于明白的是，即使嫁给了一个水电工，生活需要你上场那刻，依然得独自面对。

终于不再是那个会发"居然自己安装好了路由器，看来我真的不需要男朋友了"这种状态的小女孩儿了。我明白就算以后会过上所谓十指不沾阳春水的日子，提早学一些东西，起码给自己一条能自主选择的道路，随心所欲的可能性更高，不会再因为能力见识所限，受制于人。

另外，家事可以抚慰人心，打扫卫生和清理东西是比什么 SPA 水疗饮酒高歌更加解压的事儿，搞定之后你会睡得无比踏实稳妥。

小贴士：

如果工作很累，就不要勉强自己重复劳动，把一切交给家政服务吧。

清扫用具买能力范围内最省事儿的，能用电解决的不要用手解决，把黏黏腻腻的抹布都换成厨房纸巾和一次性湿巾，你会回来亲吻这一页的。

二、允许自己变傻，留一台电视机

"看电视会让人变傻。"

这句话曾经特别流行过，原因是不经过挑选就一味接受电视节目的灌输，会让人放弃想象和思考。

我倒觉得，独居的人啊就是太容易在胡思乱想中钻牛角尖了，反而需要给自己一点儿放弃思考的可能。

曾经租房住的时候，换过的每间客厅里都有一台落了灰的老电视机。房东说现在的小年轻租客谁还看电视啊，我笑嘻嘻地点着头，然后去营业厅开单子交每个月三十块钱的有线电视费。

在我的心里呢，没有电视，那是宿舍，有了电视，才有家。

确实，用电脑或手机软件一样能看频道直播，也不会错过任何节目，可那感觉未免不同。看电视啊，就是要回到家，衣服鞋子甩掉，找到遥控器顺手一按，然后在沙发上摊成一团，放空脑袋听任安排，屏幕上有什么就是什么，有广告时起身给自己倒杯水，啃着苹果在背景音里刷手机。

在叽叽喳喳婆婆妈妈的声音画面里，你感受到与这个傻乎乎的社会的一点儿连接，感受到无可阻挡的人间气息。

一分钟有一分钟的乐趣，变傻就变傻吧，也挺好的。

三、九成简单，一成奢侈，十足幸福

嗯，在这里我用了一个非常像日系杂志的标题。

说人话呢就是，与其上来就雄心壮志推倒重建，一次性把梦幻王国建立到位，不如确定一个最重点的空间仔细装饰，其余地方保持风格简单统一，以后慢慢再把心仪之物添加进来。不会有太大的负担，也更有设计与购物的乐趣。

《欲望都市》女主角凯莉是个专栏作家，她的单人公寓里出镜最多的，除了和欲望分不开的床，还有一张看起来就充满安全感的沙发。自由自在的女作家蓬头光脚裹着睡袍蜷在这里抽烟写字，喝点儿小酒，思考爱情，两眼一闪一闪地打字，把所有的灵感、故事，烟酒气和香水味儿，都塞进沙发的缝隙角落里。那是家的灵魂之地。

一个猫脚浴缸，一整面墙落地窗，一张 King size（特大号）床，一张足够长的实木桌，一张天鹅绒单人沙发，都是梦想家居的构成元素。但不用贪心，先把最好的留给你最常起居的那处。

我客厅有一面极大的落地窗，放眼望出去，脚下都市车河，远处山峦广空。我在落地窗前放了张长凳当作飘窗，上铺一条毛皮毯子扔几个抱枕，休息时抱着腿坐在上面，平时给猫咪当睡觉的地方。

旁边置张长木桌，放电脑纸笔杯子纸巾，扔一圈护手霜润唇膏橡皮筋，平时写作看书玩猫吃饭都在这张桌子上完成。扭头的置物架上是咖啡机和饮水机，转个头就能一天喝满八杯水。再在窗边放一盆高大绿植，叶子伸展，有风微来。

起初一直坐在好看却不那么舒服的布艺椅子上办公，腰酸背痛，于是购入了蓝色的人体工程学椅。一万出头的价格使其成为这个家里的"一成奢侈"，但是非常值得。

有朋友问我为什么每次拍家里的照片都是这一角。因为最常起居的是这里，抬起取景框就是，花了最大心思布置的也是这里，增减摆弄，每一点儿小变化都让我想要记录。至于卧室客房洗手间，我于其间消磨的时光实在不够，于是装饰尽量简单素净，也不花太多钱在其家具的购置之上。

一点儿繁，一点儿简，一点儿新，一点儿旧，一点儿不确定，一个你的家。

四、把朋友们带到家里，做个仗义温暖的女主人

说我不爱交际吗，是的。很少认识新的人，一个月才出门正经出席个场合，手机通讯录这么多年来是有删无增。说我不爱交际吗，也不是。总会组织一些家宴小聚，朋友们兴高采烈地提着大葱鸡蛋或鲜花蛋糕来敲门，我挥舞着铲子在厨房奋力拼搏，叽叽喳喳，烟火升腾。

"聚一聚吧，想见你了。我们吃什么？"朋友发来信息。

"出去干吗，来我家吧，再叫上小球，她生完宝宝好久没出门了，我做椰子鸡火锅给你们吃。"

"好啊，能带上我男朋友蹭饭吗？"

"那贵伉俪负责餐后甜点。"

确定好宾客名单，考虑一下菜单（不会做饭的话就点外卖啦，但菜要装在你自己的漂亮餐具里哦），打扫一下屋子（尤其是你的卫生间！），清早买菜时顺便带捧鲜花回来插好。这个过程足以让我充满忙碌的愉悦感。

朋友来了也不必拘束，脱掉鞋子缩在沙发里或躺在地毯上都行。有的客人不一定乐意听我自选的音乐，那就打开电视让他们随便换台。饭菜可以不那么出众，饮料和水果要好一点儿，座可以不够用，靠垫和毛毯必须多一些。人少有人少的自在，人多有人多的玩法，主人不必郑重其事，只当提供了一个桌游空间，做个抱着猫在角落里捂着嘴笑的神秘人也很自在。

不要让家仅仅成为你躲避疗伤的地方，它也应该是你能大方展现给真正好友的宝藏所在地。

聚会之后我总能发现，和朋友们的关系会进入更深的新层面，像是

共同分享了一个可爱的秘密。家是有能量的，与这个房子气场最合的人，也将会是你留存下来的最珍贵的伴侣。

独居后开始喜欢看《老友记》，常常开电视播放整天当背景音。莫妮卡虽然神经质又有强迫症，但她所散发出的热情坦诚的女主人能量，让其余性格各异的朋友都无法离开她家的客厅，从此啼笑纠缠，命运相连。

给他人以温暖，以此温暖自身。

我的卧室也接待过失恋的女朋友，我的客厅里也齐整整坐过当时的男朋友之闺密团。有同事为工作所苦便提了盒蛋糕来吃甜，也有从另一个城市里离家出走的好友一头栽到大沙发上不再起来。我不奢求自己能拥有影视剧中那样的一群好友，只希望我的家给人留下的印象，是仗义自在，能暂时避世的，就像我希望的自己一样。

五、如何解决独居的孤独

独居的好处，自在，清静，成长迅速。

独居的另一面，让寂寞与无力感无处躲藏。

以前看网上某个关于独居时如何避免寂寞的讨论。有人说要把家装修成最适合宅的地方，有人说要养花草和猫狗，还有人说要多读书健身寻求自我成长，然后有人说，一看你们就没有真正经历过长时间的独处，是不是以为跟着热门微博做几个高抬腿的动作就能一辈子做魅力女人了呢。

我大概能明白他说的是什么。

解决独居的孤独，不是靠几个表面的小功课就能做到，你只能用"心"去直面，熬过长夜，和痛苦相处。这的确非常困难。

我有个独来独往惯了的朋友，自由职业者。明明有实力享受绝佳的独居条件，依然在每次搬迁中选择和几户人合租在一栋大房子里，共用厨房客厅和洗手间。

她说从小到大都是一个人，工作没同事，漂泊没亲人，适龄朋友要么远在天边，要么带孩已婚，如果再不给自己创造点儿邻里邻外的烟火红尘，有时未免太凄清。

她是我非常钦佩的人，从不会因为要独立生活，就忽视内心寻求温暖的欲望，也不会在合租时遇到不便，就把问题都归罪于"不懂事"的合租者身上。她冷静分析着自己的选择，不会呼喊委屈，懂得所有问题都是为得到想要之物而付出的代价。

我还有个毕业后迅速结婚生子的朋友。习惯了身边有人陪伴的她，在某天把孩子送入幼儿园后，突然发现自己从未有机会与真实的内心坦诚沟通过，因为从同居到结婚到生小孩儿，她一直在赶赶赶，从未独自安静与自己相处过。

她说虽然现在的生活也好，但还是会想，是不是习以为常地走入了一种生活，忽略了另一条道路的可能性。那条路，如今总在她梦里出现，微微地发着光。

如何解决独居的孤独感呢？

我想，先要明白孤独感是人生来必有之物，将会陪伴我们终生，与独居群居无关。

独居，让你能够在不被人打扰的日子里，开始把能量放回心里，学着与自己相处，与孤独相处。长夜当歌有时，长夜当哭亦有时，但这歌声与眼泪，都是十分宝贵的，它让你开始更早一点儿地，与内心真实的自己短兵相接。

人生八十年。真正独居的时间，可能是非常有限的。

我会去交友游玩，感受红尘之热闹纷繁，与酒肉穿肠后的冷静清醒，也会在独处的时光里与孤独好好过招，从中获得力量与热情，在外界与自己的碰撞之中，明白自己想要的是什么，然后抬起头来，继续创造丰富的生命，面对漫长的人生。

最后，别担心你的情况不符合我的任何建议。说到底，这是你自己的事，和作者无关。

祝你享受人生。

去你的"不够好看"

一个广告视频，看到一半，没再看下去。

　　视频里有几个女孩儿，五官并无缺陷，四肢健全。小镇姑娘来到充斥着"完美躯壳"的大城市，惊惶地捂住脸颊，把头低下。胖妹子坐在暗无天日的小屋里，凶神恶煞般地往嘴里塞着食物，脸色被电视的幽光映得青绿。新娘子看着身边的"平凡男人"，脸上写满了不甘心，婚礼现场和菜市场对她来说没有任何区别。背景音冷冷地说着："没人稀罕，听你的小城故事；想要不被打败，先要拿下零号身材；普通的男人，普通的收入，你就是这样普通的一生。"

　　我是被吓得关掉了窗口。

　　是被这个号称"戳破温情谎言，还原残酷现实，充满励志关怀"的广告砸到痛脚，无法直面自己惨烈的生活了吗？

　　不。是因为它看起来客观真实，实际上是恶。

　　鼓励人变得更美并无过错，它的恶，是把"不好看的人不配得到好的生活"大张旗鼓合理化，理直气壮去嘲笑那些因为种种原因，不具备光鲜外表的人——因为"以貌取人"就是社会原则啊，你长得丑，又不去变美，这能怪谁？

　　外表很重要，但丑人胖人不是天生的罪人。即使他们被嘲笑排挤，也只能说明社会风气可悲，绝不是他们活该背负的罪过。

　　也许你会说，可社会的现实就是看脸啊。

　　但我得告诉你，这仅仅是某一种被压缩了的扭曲的现实。

这种"现实",不管你的前路和去路,不管你手中有没有能与之相称的筹码,不管你是否因为种种原因无法实现外貌进化,不管走过那道门的人是否又因外貌进化得不够无法跨越下一道门而痛苦,它就是这样冷冷地悬在你的头上,让你不断地去物化自己,心惊胆战,终日惶惶,永远解脱不得。

前段时间,在一个"长相丑陋是什么样的体验"的问题下,我看到了一个得票并不高的回答,大意是:所有还有心情在回答里抖机灵说笑话,发出自己挤眉弄眼的鬼脸图片的人,你们并没有资格回答这个问题。因为你们从没有真正丑陋过,你们不曾体会过因为长得不好看,整个童年从没被同龄人叫过大名,只配被用哄堂大笑和猎奇眼神来互相指认的屈辱,也不懂什么是受不了被耻笑而成日逃课,被家里人问责打骂,却总也说不出"因为他们笑我丑"的痛苦。非但如此,你们的自以为是还伤害了那些和我一样的人,我们比你们的长相"不堪入目"太多太多,你们尚且称自己为丑,那我们该如何自称呢,魔鬼吗?

我上初中时班上的一位姑娘(我曾为她专门写过一篇文章),因为过凸的下颌,承担了来自整个班级的恶意,连老师都会偶尔心领神会地加入这一行列。四年内,她从惊吓到麻木,甚至到最后会跟着他们一起取笑自己。看不起她的人,有多少是真正意义上的美人呢,一群正在发育的黄毛丫头和矮个小子而已,只因为他们有幸不是那"最丑的",就获得了天赐的权利,去欺凌最弱小的那一个吗?

若说这些所谓的未成年人,只是人之初的性本恶,那么成年人,尤其是把握话语权的阶级,再把"这就是以貌取人的社会"和"你太丑所以你活该"的价值观作为准则大力颂扬,就是有意识的作恶了。

"不好看的人不配得到好的生活"这种价值观最恐怖的是什么呢?

它是这样直接简单,不需要有多少社会阅历就能理解,它是这样粗暴,令人一时无法反驳。许多曾被它恶狠狠伤害过的人,反而会在"变好看"之后，只因为尝到了一点点生活的甜头，就立刻摇身一变成为新的刽子手，以此为法则，名正言顺地鞭挞那些由于种种原因未能够完成进化的人。

"要么瘦要么死，控制不了身材，还怎么控制你的人生？我以前那么胖都瘦下来了，还是你没用呗！"

"没有丑女人只有懒女人！没钱整容？攒啊，借啊。算了，你这么穷酸，怎么配得到美丽的脸和好的人生。"

"先照照镜子再来跟我说话吧，肥婆，真恶心。"

他们仿佛要与曾经的自己赶紧划清界限，他们仿佛在责骂当初的自己。

那个不美的、胖的、被同伴指指点点的小人儿，如今连家都找不到，被砰的一声，关在了自家的门外。

最好的朋友生孩子后体重增加了二十多斤。她自卑而焦虑，每次见我都不停地问"我是不是很胖啊"，我总是回答"胸大了好多好多哦，不胖不胖，美得很"。两年后她恢复到生育前的体重，腰部盈盈一握，她半开玩笑地责怪道：当年我那么胖，你为什么都不提醒我，现在我瘦下来了，你也没什么特别的反应，怎么回事啦。

我告诉她：我也曾因体重遭人白眼过，失去了很多机会，有可能也失去过爱情。瘦下来之后，曾经拒绝过我的人又回头来对我示好，我觉得很可笑，没答应他。但后遗症出现了，我把曾经遇到的所有不如意都归结于胖，把体重与自身的价值挂钩，好像胖回去一点儿，我就会失去一点儿爱和尊严。那太痛苦了，我不要你这样，我不要你活在被胖瘦限制的世界里，我希望你永远觉得自己是美丽的，自信的，充满能量的，不管你的外貌变成什么样子，我都会像爱一个少女一样爱你。

我没有在说客套话。

我是个幸运的人，并没有太多的外貌缺陷，如果想在身上做一些改动，我的收入和知识也可以为此提供更多的保障，可那些没那么幸运的人呢？

当然有光鲜耀眼的例子，然而万丈红毯下难免也有累累白骨，只是很少人会让你知道。

也许是商家，为了利润而极度夸大了所谓有金钱付出就有美貌收获的完美人生；也许是那些"失败者"，无法面对自己深深的创口和变形的脸，躲起来不敢发出一点儿声音；还有不少曾经"成功"过的人，羞于承认逆天改命之时也需为命运上缴更加豪华的贡品。

《第8号当铺》的故事听过没有，你以为公平的，甚至没那么公平。

还有个蛮有趣的事情。很多人说，长大后发现小时候学的道理都是谎言，心灵美不如外表美，好人不一定有好报。我倒是认为，人进入社会后，很容易被一些虚无的尘嚣蒙住双眼，一两个能引起讨论的事例砸过来，每个根基不稳的小年轻都会乱掉阵脚，然而那些小时候学的道理，你耳濡目染了那么多年的语句，就是要在这个时候，成为你心底的声音，稳住你的步子。你记住了，选择了，经历了，过了很多很多年之后再回头看，你会发现，做好人是成本最低回报最高的事情，靠外表美得来的关注和幸福比你想象中还要脆弱无力，原来那些道理，是真理。

"聪明是一种天赋，而善良是一种选择，选择比天赋更重要。"人之爱美是天性使然，是一种现实，然而我们起码可以遵从德行的召唤，放下分别心，不以美丑定尊卑。

若你因为自己的外貌而自卑，不要低头于那些刻薄可耻的舆论，也莫用自己受到的痛苦去苛求他人，你当然可以去用任何方式变美，记住，比符合他人标准更重要的，是追求自由自在的人生。

若你幸运地拥有了美貌，在尽情享用外表为你带来的好处时，不要对那些不幸儿指指点点，毕竟这个世界上并非所有的人，都具备你禀有的条件。

若你看到谁用审美绑架他人，把幸福的生活与美丽的皮相挂钩，如果他是孩子，温柔地劝导，如果他是大人，记住他在作恶。

若你掌握了话语权，你是意见领袖，或者媒体商家，请不断地告诫自己，逐利必然，莫忘行善。

无论你是谁，有着一张怎样的脸和如何的社会地位，我希望你永永远远爱护自己，而非鄙薄自己，拥抱自己，而非离弃自己，不要被轻易地规定和物化，不要从受害者变成施加暴力的人。

这是我衷心的期盼。

当我老子

男朋友突然盯着我看："怎么瘦成这个样子了？不准再减肥，脸已经小得过分了。"

我心中一喜，娇嗔回复："哪儿有哪儿有，不敢不敢。"

他点了点头，手伸过来揽住我的腰，我明显感觉到了某种"凝滞"，片刻后他开口："错怪你了，原来真的没瘦。"

妈的。

回到家一头扎到镜子前观察，脸的确小了好多，颧骨下方浅浅地凹了进去，下颌骨折角明显毫无赘肉。我边摸着脸边隐隐得意，突然一个念头划了过去——

你不是瘦了。你是胶原蛋白流失了。你是岁数到了。

天旋地转后，我与镜中人面面相觑：黑眼圈蔓延到鼻头了，那叫作泪沟，两条鼻唇沟在不笑时也静静地显示着它的庄严，嘴角纹像两把小刀子一样又狠又绝。客厅的电视里正好传来一句广告语："什么是年轻，肌肤弹弹的！"我立刻用拳头砸了两下脸蛋，肌肤不弹，骨头挺疼。

好嘛。萧芳芳在获得某年的金马奖时，领取奖杯那一刻皮草披肩滑落，她笑着对台下说："好嘛，这女人一过四十，什么东西都往下耷拉！"台下掌声如雷，女演员们笑靥如花。

耷，真是一种奇妙的状态，明明脸依然小小的，皮肤算细致，各种医美手段也让你看起来没有皱纹，但变幻莫测的肌肉线条是不会骗人的。先是脸，然后会是脖子，再接下来是永远减不掉的蝴蝶袖，还有疲劳的胸部和屁股。一部伟大的女性抗争史诗，汹涌澎湃，施施然微微笑，向我迎面走来。

什么时候开始对"到岁数"这个词儿感同身受的？

十三岁那年，我在家乡九线城市的邮局里购买了人生第一本时尚杂志《瑞丽可爱先锋》。除了被标价三百九十九的手链和六百九十九的牛仔裙震惊之外，护肤保养的那一栏也让我这个皮紧肉厚的初中女生摸不着头脑。花粉过敏、黑眼圈、红血丝和新陈代谢放缓都是什么玩意儿，似乎很多人被深深困扰，我怎么没有？

拿着书对着镜子比对，我得出个结论：大城市的人，用的东西贵，生的毛病多。

经过了熬夜看小说的十七岁，绝食减肥又暴饮暴食的二十岁，什么都往脸上糊的二十三岁，突然有一天早晨，我结束了为期四小时的睡眠，起床洗脸化妆，发现那罐粉底怎么都拍不匀乎。

洗了脸再来，换海绵再来，加了精华乳液再来，不行，满脸遮不住的，是一个无关精神头的"丧"字儿。

那天我终于明白，我已经到了一个熬不起大夜的岁数。

突然又是一天早晨，我睡饱了十个小时搽足了粉去摄影师那里拍形象照。她在黑漆漆的镜头后不停嘱咐"别皱眉""别皱眉"，最后叹口气摇头，索性走过来给我看相机里拍好的照片，指着我眉间说"这里有皱纹，你舒展一下"。

然后我怎么调整发现都无济于事，原来长期皱眉的习惯已经脱离了年轻肌肤的庇佑，形成了真性皱纹。

那天我又明白，我已经到了一个长皱回不去了的岁数。

慢慢地，我从不知道电视、杂志上的劳什子都卖给些什么鬼的岁数，到了浑身都是消费者痛点广告一打一个激灵的岁数。

好像不久前才写了篇文章，说二十七岁的我比十七岁的我更美丽。对对对，我当然懂得，风华岁月的沉静眼神比花季雨季的懵懂笑脸更加百转千回，然而也有那么几个时刻，我疯狂地搜索着"肉毒素和玻尿酸哪个更有效""三十岁之前能不能做超声刀"，并且网购了一个银行劫匪同款美容提拉面罩，严丝合缝地裹在脸上，企图用每天半小时仰头原地跑甚至学习倒立的方式，把这张脸给提回去。

微笑是最好的提拉术？抱歉，笑不出来。

世界瞬息万变，袅悄运行。和好友聚会，我提起自己做了个医美项目，本来是为了去痘坑，没想到脸也紧了不少。好友一拍桌子，立刻热心地向我推荐她刚刚做过的埋线提拉项目，据说是香港三十岁女士们的最爱。嘈嘈切切，交头接耳，旋即我又知道了朋友 A 每个季度都在医院进行抗老项目的报到，朋友 B 甚至在膝盖和肩膀处都注入了肉毒素，朋友 C 家里有各种形态的仪器，每天定时电一电自己！

原来同龄人早就紧锣密鼓地操练了起来，我大概也终将会尝试那些曾发誓绝不会碰的东西，只为了看起来比本应是的自己年轻一百秒。

本来想在夏天临近时剪个齐肩发，趁着这波短发风潮轻盈俏丽一下。朋友一脸鬼祟地告诉我，别剪，货真价实的长头发也就这两年，三十几岁后头发想留都留不长，以后几十年都得是短发。吓得我立刻开始按摩头皮，又往脑门上倒了两把生发水，同时往嘴里大把大把塞着黑豆黑米。

眼皮又厚又松，狠下心去问整容医生能不能抽点儿脂肪出来。他冷笑一声说，过几年你眼眶的脂肪就流失到不能看了，到时候就是两个松垮的大黑洞，只怕那时你会过来让我给你打点儿脂肪进去，还抽。我又是一个寒战，颤颤巍巍地把眼霜搽到了颧骨上面。后来又听说连初中生都已经在颧骨上涂眼霜了，我叹了口气，把眼霜涂到了腮。

不不不，我绝不是在撒着娇说自己老。那个"去找你八九年的老女人吧"的笑话言犹在耳，我作为站在八九年尾巴上的女性，依然会为电梯里小朋友发出的"阿姨"声胆战心惊。我只是更理解了，眼见皮相衰退之时人的恐慌，以及曾经恃青春行凶的自己，有多无知。

在网上看到一张高清照片，是个风头正劲的话题女明星。下面的评论可谓是"客观"："还不到三十怎么就有法令纹了，相由心生，一脸老态。""天哪，鼻翼旁边的毛孔遮都遮不住，大街上随便拉出个人皮肤都比她好。""拜拜肉这么厉害，职业道德去哪里了，体重管理是怎么做的？"

几年前的我大概会跟着看看热闹叫叫好，如今的我只想把每个在手机后面评论的人拉出来大嘴巴子抽一顿。都是，都是，都是你们害的，搞得女明星们二十岁就开始拉皮打针填脂肪，搞得所有人都觉得正常爱惜自己的女人比不上六十岁的赵雅芝起码也该是五十岁的邱淑贞，搞得你有了个磨皮相机就觉得自己能和高清镜头下的基因美人平起平坐。谁没年轻过，你又老过没？谁都会老去，你又美过没？

我曾经在网上看到一段话："青春掩盖了很多问题——穷，没问题，年轻时的穷理直气壮；缺乏保养，也 OK，底子不差就行；懒得锻炼，新陈代谢高啊，不容易胖；脾气差，毒舌也挺可爱。等青春的遮羞布拿开，穷懒丑就都掩饰不住了。青春是一波潮水，潮水退了，才知道谁在裸泳。裸泳的人，当然会觉得这潮水是如此重要。"

青春是好啊。每个人都对你们投以温情的微笑，在你们身上寄托未完成的惆怅梦想。年轻的女孩子随便穿都好看，涂什么都动人，到哪里都受瞩目，谈恋爱找工作，只要还想，总不会太难。

然而必有这么一天，年轻的潮水慢慢减退，那些欢畅时辰给你带来的表面福利开始被公平地剥夺，你再也无法以"青涩""纯净""天真"等标签横行于世，无法凭借简单的年龄数字被特殊优待。肌肤能骗人，身体不能骗人，笑容能骗人，眼神不能骗人，从这一刻起，你必须身体力行地对自己的容貌负责，再说得上纲上线点儿，对自己今后的人生负责。

身边的女性们，一般会选择两条道路。

一是投身于与时间抗争的伟大斗争中，毅然决然成为科技发展的试验品，战斗在医美与保健的第一线，穿梭在美容院与健身房中，以五十岁还拥有二十岁的脸蛋身材为人生目标。她们的口号是，绝不下垂！

二是对衰老持无条件缴械投降的友好态度，反正是吃不起青春美丽饭了，那就少去逆天行事，去种植那些以时间为土壤、经历为养料的花朵，红颜易逝，而花期漫长。

我是个俗人，我爱我的脸，我必定会不可避免地走上第一条道路。但我写这篇东西的目的，是想随时提醒自己，不要忘记第二条路，不要忘记那一种人生，更加自由和广阔的人生。

不要一个人旅行

二〇一六年十一月十四日，独自去清迈参加万人天灯仪式。

满月还在树枝掩映之中，远处有一两盏的灯升上了天空，僧人们低声诵念经文加持祈福，每个人面前燃着一盏烛火。法号声声，万众俱寂。漫长的准备仪式过后，主持人终于要求大家起身为天灯加热充气。满场的雀跃和低呼当中，几千个天灯从座位上慢慢地生长起来。

三，二，一。

天灯升起，人群惊叹。

那一刻非常美。歌声温柔回荡，世间放飞的星火，卷入整个夜空。

放灯的过程很短。从抬头到眩晕就几分钟，再晃过神来整个场子已经退了大半。走到大门时我又回头看，座位前用来点灯的烛台还未熄灭，千盏万盏，摇摇盈盈。我们把星放进黑夜，又把它留在人间。

把手机里的天灯照片发给喜欢的人，他说天涯共此时，我在回复框里没发出的那句话是：不要天涯，只要此时。

——我希望你能站在我身边，握着我的手。

最像情侣那一瞬，朝着晚空放天灯，惆怅人间无穷事，感叹美景如许之。

有五六年的样子，我习惯独自旅行，独自吃饭，独自看话剧，独自去医院，独自做一切。也会讥讽那些没人陪就迈不开步子的巨婴，是多没魅力才会认为独自行动是件会被人看不起的事，是多没本事才甘心舍弃自己的偏好欲望，不停在时间和节奏上妥协退让，只要有个人陪着，只是陪着就可以。

是什么时候改了这个想法呢？

那次和多年的网友土豆约着去日本，出发前志忑值达到最高峰。

我遇到过极其不对付的旅伴。因为工作关系临时搭的班子还算好，再怎么不对付也能江湖不见得毫无愧疚之意，令人难言的是与想法投契的朋友远游。本以为是金风玉露的天作之合，还是因为习惯不同搞得磕绊不已。即使不会为此断绝交往，那道坎儿总是过不去。

客厅里的好朋友，不见得就是旅行的好伴侣。我性子急，爱拿主意，不说话时看起来凶气冲天，土豆人小小只，性子温柔敏感，也有满腹心事，我会不会在无意中伤害到她？

没想到，她是我遇过最好的旅伴之一。

我们都不是喜欢做攻略和计划表的人，却都乐意好好了解下当地的文化和值得看的东西。两个人带着自己的清单碰一碰，第二天出门先选一个地方好好逛，至于能走多远多久，看几个景点，都无所谓，没有亏掉这回事。

我擅长辨认路线，她是个小路痴，通常是我趾高气扬在前面走，她在落后半步的地方悠悠跟。从京都站出来找预订好的那家民宿，我带着她举着谷歌地图在小巷子里转了半个小时的东西南北，最后才发现是我忘了好好阅读房东给我发来的路线指示。我的脸顿时滚烫，自责无比，明明是两分钟就能搞定的事。

"要不是这样，我们都看不见这么可爱的小巷子啊。"她拍拍我说。

深夜回到民宿门口，土豆怎么也找不到钥匙。秋雨冷极，我们在街边打着哆嗦，把包里的东西倒出来一样样翻拣，没有。民宿管理处的办公时间已过，我们的手机在国外都无法拨打电话，电量马上也要用尽。她小小的身子蹲在地上，着急得快要哭出来。我靠住了墙不敢说话，怕声音出卖疲倦和焦虑。

终于决定步行去两条街以外的管理处办公室碰碰运气，渺茫的运气。

办公室居然有人在，半夜十一点，取到了备用钥匙的我们在一把小伞下颤颤巍巍地往回走，天大的运气。

"刚刚吓死了，还好你没怪我，陪着我，如果是我一个人的话我会崩溃的。"她把我的手臂挽得很紧。

我有点儿羞愧。我当时设想了好多极端的场景，情绪也在崩溃边缘，只是看见了比我无措十倍的她。

旅行是一场流放，温情和寒冷总在同时降临。旅伴是临时组建的命运共同体，于黑夜大海中浮浮沉沉漂流，从每一次考验里获得比平日多几倍的力量和勇气。

若只是单纯的扶持体谅，努力让对方安心，那不过是尽礼貌与本分，远远达不到与人相交的天然妙处。和好的旅伴在一起最大的享受在于，我们对所见所闻的那份心领神会，无须多言。

祇园夜场外，一群刚下班的男女公关在笑着争抢一大捧粉红色的气球。其中一个女孩子把气球高举过头顶，对着面前拍照的人露出疲惫而温情的笑容。我俩不约而同举起手机，拍下这个画面——"陌生人，我也为你祝福，愿你有一个灿烂的前程，愿你有情人终成眷属，愿你在尘世获得幸福。"

从伏见稻荷大社出来，两个人在傍晚走了漫长美丽的一段路去下一个寺庙。路很窄，她走在我前面，蹚过一汪汪小水坑，长裙慢慢摆动。到寺庙时，又过了关院时间，我们需要再走好远的路去搭地铁。我正担心她会不会太累，她回过头来说，这里真美，好想永远走下去啊。

在八坂神社看枫叶，漫天流霞，层林渐染，乌鸦展起巨大的翅膀。我又是满足又是悲伤，又想给自己再倒杯酒。听到身边传来轻声低呼，扭头看到她表情变幻不定，恍恍惚惚间我们对上眼神，微笑了一下。

一个人能明白另一个人为何感慨流泪，不去多问"你怎么了"，是天大的缘分。

走在奈良雨后初霁的山涧里，我和土豆感慨："这里简直太适合幽会了，和一个私通多年的情人。"

"那你下次来要带喜欢的人吗？"

"不会，因为第一次的心情已经用过了。再和别人来，不管他是谁，都不会更好了。"

巨大的幸福总有巨大的孤独陪伴。以前看到可爱的景色，吃到美味的食物，都想着要带最亲爱的人再来感受。但当那种真正的震撼袭来，我突然发现，即使下次能带着想要分享的人来，就算下次的美景更加艳丽无边，感觉也会不一样了。

那永远不再会是我与你共同经历的第一次。

一期一会，后会无期。

旅途中的美色美景、相遇人情、震撼感叹，种种澎湃且微妙的，更与何人说的情绪——谁能证明这一切的存在？只有和我被共同投入这场真实幻境的身边人。那些可以在书页中被重点标记出的时刻，他们站在我身边，与我一起深呼吸。

多谢你与我共走一程，我们恰好拥有同一段独特的生命。

"旅伴"倒过来读，是"伴侣"，这就是它的意义。

《挪威的森林》里说："没有人喜欢孤独。只是不想勉强交朋友。要真那么做的话，恐怕只会失望而已。"有时选择独身上路，是不得已，是没有更好的选择。我可以随时拖着箱子去我的广阔天地大有作为，可是如果，那个合适的人说他也刚好有空，我不愿再独自远去。

有些东西是无法与寻常旁人分享的，可我相信有知音的存在。

独立之后，再去寻求陪伴，更感觉到珍贵的意义。经历过红尘的喧闹，才能静下心来，欣赏夜空中的繁星。我总在与月亮对话，可我不想只是对影成三人，我想与你共举杯，邀明月。

　　从你能一个人旅行的那天起，不要再一个人旅行。

我不羡慕
人生赢家

去母校做一个交流，有学弟举手提问："你觉得你是人生赢家吗？"

我说："我是。"

台下一片小骚动。

回学校之前，就有不少人说"什么时候网红都有资格做学生代表传授心得了"。的确，我无法用"成功"来形容：在校成绩一般，还挂过一科，吓得我以为毕不了业；和业内比，没有一项到哪儿都稳立不败之地的本事，没有早早发展出能丰厚变现的个人品牌；和同龄人比，没有稳定工作也没有如意郎君，知心好友屈指几个，人生阅历乏善可陈；和自己对话，最大的担忧是，二十出头时的好运气是否已经被透支，我是否沉沦于时代的福利里作茧自缚，对将要来临的风险毫无察觉。

但我依然是有些底气的。

我凭自己喜爱并有些天赋的能力换取金钱，也有一点儿储蓄应对风险。我的物质欲望并不高，不会因为别人的收入是我的十几倍而觊觎心痒。情感需求倒是如狼似虎，好在江山代有才人出，空闲时也能自得其乐。自我接纳程度尚可，虽然总在叩问和反思之中痛苦，也算举灯前行，不忘光明。

我为自己打造了一种可以被相信的浪漫自在，我那么爱它，那么爱自己，怎么就不是人生赢家了。

彼时话语出口，一是理直气壮不怕天打雷劈，二是想给下面眼神中尽是迷茫躁动的小学弟学妹们一点儿安定。

媒体太爱营销"人生赢家"了，这四个字给还在学校里的孩子造成更为强大的落差感。年轻人尚不清楚自己是谁时，就急于成长，急于闪耀，急于给自己打上令人艳羡的标签。有的人还在宿舍里埋头看书，身旁的人生赢家已用大学四年徒步整个国度。有的人头疼着如何付完这个月的账单，身旁的人生赢家已经有车有房年薪百万。有的人正为男朋友送不对礼物而发怒，身边的人生赢家已经绑定了生命中的那位贵人。生活对灰头土脸的我们毫不留情，凭什么那些人就能够光鲜亮丽地亲吻幸运。

现在的我很少羡慕别人了，小时候倒是总有嫉妒心。

初中时学校里有个姑娘，还未入学就芳名远扬。她漂亮，成绩好，能歌善舞，脖子细长，马尾辫上一天一换的头花，除了她没人配得上。她抱着收来的作业本穿过长长的走廊走到老师的办公室，打闹的男同学们在她到来之前就齐刷刷安静，行注目礼送她经过，再恶作剧地推一把身边人，往她的背后去。

而我黑黑胖胖，隔着教室窗户往外望去，心中尽是不平气。

也想成为校花，也想成为学霸，也想成为众人眼里的焦点和口中的传奇。

上高中后我还偶尔打听她的消息，才听说初中时我暗恋的男生和她好过一段时间。这个女生我从未打过交道，这个名字却成了我的阴影。可我又能如何呢，她的光芒是基因里带来的，轻描淡写，不能被后天人为的努力超越。

将将十年了吧。今年春节回家，饭桌上爸爸提起这个名字。我恍了一下神，边努力搜索她的长相，边说："她啊，她怎么样了？"

"前几天她妈妈碰见我，说她研究生上完后就去了××市海关，还是很优秀，经常代表单位到处去出席活动，今年就要结婚了，男方也是咱们这儿的人，和她在一个系统工作。"

啊，真是人生赢家，金学历，铁饭碗，多才多艺，人见人爱，如意郎君，并蒂花开。这都是我没有的，可我怎么一点儿都不羞愧了呢。

因为十年过去，我手里有的东西，和她不一样，却也是沉甸甸、亮晶晶的。我不想拿任何事物和它比较，更不屑以任何光环与它交换。

那个从教室窗口往外怂怂看去，在日记里写人生为何如此不公的女生，满目尽是她不可战胜的敌人，因为她从未找到属于自己的价值与快乐。

前段时间火了一部日剧《东京女子图鉴》，讲的是女主角绫以"要成为备受羡慕的人"为目标，从小镇来到东京，为了主角般的生活，咬牙打拼，一晃二十年。

什么样的人可以备受羡慕呢——"需要预约的餐厅、做代理商的男友、有意义的工作、资料馆的夜场电影、两天一夜的短途温泉旅行、Harry Winston（海瑞·温斯顿）的婚戒、幸福的婚姻……"她一步一步地攻克着，得到一个，扔掉一个，再冲往下一个。她的工作、伴侣、居所、家庭，都不像是因为真心热爱才去死磕，大多数是为了不在闺密聚会时成为笑柄，为了赶上东京女人的脚步，才打怪升级般地奋勇直追。

"未婚时被人说结婚才是女人的幸福，结婚之后，又被生小孩儿才是女人的幸福这样无言的压力压迫，被女人幸福的定义无止境地逼迫着。能生小孩儿的女人路上一堆，但是能在一流企业，凭着自己的判断来推动企划的女人很少。这样就足够了吧。但是，既然是身为女人，连小孩儿都不生……"这是女主角绫的自白。她很清楚，这是外界的逼迫，却又不由自主，欺身而上，媚态迎合。

我承认这个角色的现实性，却无法认同那些称赞绫是现代女性奋斗之榜样的观点。

十八岁时刚刚成人，见识眼界短浅，以成为"人生赢家"为目的，携好奇与干劲入场磨炼，自是成长必经之路。然而红尘滚滚二十几年，四十岁的都市女性，依然活在他人界定的幸福定义里不知餮足，从一个战场匆匆赶往下一个战场，抱歉我实在无法给一个好字。

并不是有了工作和恋爱，有了美貌与鲜肉，有了野心和斗志，就是"为自己而活"了。从十八岁到四十岁，绫对人生的规划看似越来越精致和高效，却步步都是将就和自欺，她离幻想中金光闪闪的自己越发相近，也离真正的独立与幸福越发遥远。

人生的确苦难重重，大多苦恼，均由你自身加之。

若有神，于高处俯视众生，他会看见这琉璃灯瓦的现代社会，正由人类的贪婪与野望滔滔供养。我的能力有限，笔力更有限，不敢妄谈怎样是找到自我，为自己而活。我也与自己的恐惧和欲望搏斗过很久，有时勉强打个平手，更多时刻气喘吁吁无力招架，但在这反复交手之中，总算懂得，那心中的猛兽是在给你一个机会，去角落里喘口气，与内心对话，跟自己相处。

再回到最初，去回答学弟学妹们好奇的提问。

他人媒体传颂的"人生赢家"，或有为达到宣传目的而极尽夸大者，或有咬碎牙齿掩盖了艰辛不足道的一面。美丽、财富、工作、婚姻、房车、名望、阶级，都是表面标签，集齐七十个也召唤不来真正的人生。我希望你们能找到内心的那团火，那团不需要以外界标准和他人眼光为燃料的火，那团让你感受到自身勇气与价值的火。如果你也觉察到了那只饕餮猛兽的蛰伏，请你不要用全部的血肉去喂养它，请你退后一步，举起自我精神的火焰，照向猛兽的双眼。

不要熄灭了那团光芒，此刻的你，就是人生赢家。

闪着光的入场券

我的额头很大，高且宽广。小时候一直扎超高马尾，一张脸除了大大咧咧的五官，还留出整个正大光明的脑门，可以在上面题一首《满江红》。高中时，我终于没抵挡住风靡全校的刘海风潮，偷偷去剪了遮住额头和半拉眉毛的发帘，瞅着镜子我得意得要命。曾以为可以带着这个看起来不大的脑门过一辈子，然而几年后的某天，一个念头突然击中了我：难道我会成为在未来婚礼上穿缎面鱼尾婚纱配厚重锅盖头的女子吗？

　　于是开始把刘海留长。刘海慢慢长到看不出，女孩子慢慢长到抬起头，奇迹在发生。我再也不是那个需要配合齐眉发帘装可爱的拖把，额头清清白白地露了出来，脸也有了线条感，整个面部开始流畅有型，属灵的眉眼终于可以肆无忌惮地面对世界。

　　后来朋友们看着我大学时齐刘海的照片惊呼，这和你怎么会是一个人，有刘海时好清纯好漂亮。我说那现在呢，她们抬起头盯着我的脸回答，现在就是很琦殿。

　　从那天起，我真正对一个人的长相有了概念。我有一个大额头，我有一个大鼻子，我的皮肤很黑，我有很多在别人看来需要"藏起来的缺陷"，但我终究长成了和内心相匹配的样子。

　　我有一对粗粗的臂膀，一露出来就显胖十斤，基本上与吊带无袖绝缘。好在两条腿还算匀称，所以固定装束是上身宽松衬衣加下身露腿短打，风里来雨里去，蝴蝶袖宝宝们从未见过天日。

　　然而心里一直对"都市女郎"有这样的形象向往：小时候看的新加

坡和香港电视剧，女主角们身穿薄薄的高领无袖针织衫，两条手臂修长有力，炎夏时节便着黑色小背心，看起来不知有多干练清凉。但我好像永远不敢那么穿，怕别人说，原来你是这么胖。

那次去了趟热带，同行的是一个笑容如蜜糖的姑娘。和我一样的是，她上半身也相对丰硕，和我不一样的是，她皮肤白皙，罩杯为 E。

按照扬长避短的穿衣学说，她应该穿长袖 V 领的上衣，遮挡胳膊同时露出拉长脖颈，然而她偏不。

一件孔雀蓝印花的小吊带，白花花的膀子在灼热阳光下喷薄而出，跟纤细秀美半点儿不沾边儿，却丰满甜润如同热带水果。"好晒呀！"她笑着看向我，汗水顺着脖子流下来，一跃一动，闪闪发光。

海岛上几天下来，她的装扮永远不会刻意去遮掩身材外貌的"缺点"，当然，也把所有的"优点"欢欢喜喜地捧出来给你看，理直气壮到百毒不侵。低胸背心套一套，把肉乎乎的胳膊和蜜桃般的胸脯都露出来；头发盘高插一朵鲜艳的花，有上镜一定会显大的脸和笑得闪光的眼；她比我矮一个头，依然穿着平得不能再平的拖鞋，步子飞快，像一阵甜蜜的风。

她并不是大众意义上的美女，然而偏是用不显高不显瘦不"藏拙"的方式，尽情取悦自己，因而生机勃勃，极其迷人。

旅途最后一天，我也把长款外搭脱了，穿一件黑色小背心配裹胸出了门，哎呀，原来这么凉快。

再瘦二十斤，我也不会拥有模特一般的纤细手臂，不管如何叠加视觉魔法，也没有人会把我当作纸片人看待，那么何必非要与自己本不丑陋的身体以及那颗想要释放的心死磕到底。一个永远能散发出舒适感与安全感的状态，难道还不够有说服力？

亦舒这样说"美人"："这是什么年代，美人岂能只有一张脸。学识起码打五十分，仪态姿态二十分，性情品格二十分。剩下十分给眼睛鼻子已经很伟大……我想只有很少很少的人才喜欢典型的美女美男，我不欲钻研灵魂学，可惜人生不只齐齐跳到床上去那么简单，如果一个男人或女人在十五分钟内便令同伴打哈欠，那么这个人的美极有限。"

灵魂学也不是我欲研究的事，只是坐在身旁的约会对象，若每进食一口都在计算要跑多少圈才抵得了卡路里，不敢开怀大笑生怕挤压到表情纹，随时在担心腋下的汗与肚子上的皱褶会不会透出来，这种怯场感会令我认为此人并不太享受与我共度的时光，更遑论认同自己的独特意义。

人们总在跟着"审美标准"跑，有时甚至忘了自己原来的样子。不吃不喝疯狂减肥是为了美，那么什么是美呢？

只是能撑得起当季的所有新衣，衬得起一切色号的口红吗，只是为了成为一个披挂商品的架子吗？

我的皮肤一直不好，大学时开始爆痘。我一边疯狂用遍各种针对性护肤品，一边为遮掩痘痘和疤印往脸上刷厚厚的粉底。看惯了全套妆后和美颜相机里的自己，便很难再接受早晨醒来镜中的真实模样。跌跌撞撞五六年后，痘痘愈演愈烈，脸上一塌糊涂，我也逐渐变成了下楼买个菜都要先扑粉的"病人"。

人更倾向于与同类比较。涂脂抹粉招摇过市的我，热衷于观察其他姑娘的妆容有无浮粉和斑驳，口红和皮肤如何搭配，阴影与高光连接处是否高明。后来某次狠狠心，做了个医美彻底治疗皮肤。在后期修复被医生勒令不得化妆的那些日子里，我终于静下心来，去了解每一张脸，在面具之后的东西。

我开始观察人沉思的样子，坐下来的样子，安安静静的样子，不施脂粉的样子。那个样子，不设防的，完全松弛的，只属于自己的，有一种奇特而安详的美，像只很小的白蝴蝶，逆着光悄悄飞过去了。她们的脸是完美的吗？当然不。但当"不完美"的主人都与其自在相处，不想修饰遮掩时，旁人便无资格多说一句，反而不自觉地，也被吸引了过去。

什么叫"美而不自知"？我又懂得了更深一层：并非不明白自己有什么地方好看，而是已经对那些不符合完美标准的"瑕疵"毫不在意。脸圆脸尖，手长手短，几庭几眼，都无所谓。你是喜欢，还是讨厌，那都是我。这种强大的力量，不自知，而自信，而惊心动魄。

后来看到一句话："粉底再好，也不是你的皮肤，只是你的壳子。口红再艳，也不是你的人生，只是你的梦境。"曾经有人说我不化妆的时候很好看，我笑他直男癌，现在想来，大概是真的。

皮肤变好了，我再也不用翻来覆去地换化妆刷和学习手法，随便拿款粉底拍一拍就很自然，但我终于开始真正减少对底妆的依赖。不只是出于护肤的考量，而是想要学习更自在地与我本来的面容相处。

肌肤修复期过去了，现在是对心灵的疗愈。得先爱那个无所遮挡的我，才能变成无所畏惧的人。

突然想起，幼儿园时一次跌跤，使我的锁骨处多出了一道明显的疤痕。骨折的疼痛和面对手术的恐惧已经不明晰了，就记得妈妈不断地念叨着："我们可是女孩子啊，以后穿裙子露出来得多难看啊。"

会有多难看呢？我照着镜子想。

我没被妈妈的话吓到，从青春期开始，裙子一直没离开过我，成年后，我更是肆无忌惮地解开三颗衬衫扣子，把衣领往两边扯，露出长而深刻的锁骨。几乎没有人注意过我的疤痕，连我都把它忘了，有时想起来，便指着它给对面的人瞧："我有疤哦！吓人不吓人？"

他仔细地看了看，用手轻轻碰着说："好漂亮啊。"

不要把自己藏起来，那不是疤痕，那是一张闪着光的入场券。

瘦~~二~~十斤的

~~人生会开挂吗~~

成年之后，我"成功"减过两次肥。

第一次是大一下学期。

前一学期的集体生活和轻松课业让我变成了个出栏奔腾的小胖猪，刚开学时买的裙子，学期末已经瘦了两寸。过年回家我把裙子带去裁缝店改大，当那条在腰部被缝上了一块儿小布片的裙子被交回到我手中，我感到一股理所应当的耻辱。

改好的裙子我没有试，过完年回到学校，我开始了节食减肥。

这应该是每个女孩子都尝试过的减肥方式，说是节食，跟断食也没什么区别。早晨一个苹果，中午两个苹果，晚上一袋酸奶，没什么蛋白质，全是碳水和糖，饮食结构极其不合理，掉秤纯靠挨饿。

三天就出了效果，穿着风衣的我腰部空空荡荡，走在后面的同学说，你是不是瘦了啊，我回眸嫣然一笑说是的呀，继续做娉婷状前行。

享受饿的感觉，享受饿到不饿的感觉，享受饿到没有感觉的感觉。腹部抽搐的时候，我激动地对自己说，那是要瘦了。和社团的朋友聚餐，大家推杯换盏，我不怎么动筷子，狂灌白开水。彼时我暗恋的学长饭后发来短信说，干吗这么不好好对自己。我边想了下他那个校花女朋友边哀怨地回复了一句，反正也没有别人好好对我啊。

合上翻盖手机，我暗暗对自己讲：没有人会真正关心一个胖子的生死，你必须瘦得伶仃，才有资格得到爱情。

比爱情更早得到的，是"停经"。

由于营养不良，"大姨妈"不来了。校医院的医生给我打了一针黄体酮（雌激素，不要随便用，请遵医嘱）之后，说，姑娘，注意营养，还有你这痘痘，以后少化妆。

是的，内分泌不调导致了下巴疯狂长痘。不化妆不能见人，化了妆近处看更是尴尬。

我回到寝室疯狂地往嘴里塞着食物。胖多少瘦多少我已经不敢介意了，我只想要正常的身体和光洁的皮肤，以及，填补我两个月以来被掏空的欲望。

那一个多月脱掉的水疯狂地以脂肪的形式长了回来。痘痘在反复七年之后才被治好。而当时的我却把它定义为第一次"成功"减肥。

"成功"之处在于：瘦过。

第二次是在二十五岁的某次失恋后。

毕业后的三年实际上是一直在缓慢增肥的，然而我对身体的变化并不敏感，也从不上秤，一直活在自己"一米六八一百一十斤"的美好想象中，自信得不得了。衣服从中码穿到大码，还在感慨这个时代的服装版型怎么越做越小，以及哎呀我真是有个了不得的欧美身材。

后来，失恋了，再后来，我看到了（前）男朋友的新女朋友的照片，是个不到九十斤的小精灵。再再后来，去体检，体重计大声报数那刻，我发现自己早已胖过了青春期的巅峰期。

呆站在那里，我想起了前几天和同事说笑时某人怼我的一句"你是胖子你闭嘴"，哦，那原来可能不是玩笑话。

第二次减肥开始，吸取了教训的我，再不肯极端节食，糟蹋身体。这次我做了很多功课，用的是"相对健康"的适量运动加控制饮食法。多吃鸡胸鱼肉，少吃精细米面，戒掉油炸甜点，有氧无氧运动轮着来，从郑多燕跳到 insanity（疯狂 60 天健身），效果很好，身体健康，面色红润，几无反弹。

三个月后我瘦了二十斤，大街上偶遇前男友，他瞪大了眼睛对我说，你变漂亮了。

我办了健身卡，报了运动课，每天给自己定死了两个小时的锻炼和学习的时间。我开始爱拍照了，什么角度都美，我开始爱买衣服了，怎么穿都好看。

再后来，我又遇到了喜欢的人，他极力赞美我，我们很快陷入爱河。

到了这里，大概就完成了许多网络励志热帖的套路了吧——"一百二十斤和一百斤的世界有什么不同？瘦下来之后你的人生就会开挂。"

而我的人生真的因为这二十斤开挂了吗？并没有。

短暂的虚荣感冲昏了我的头脑，那最不容易被察觉的坏处出现了。我开始把人生中的一切美好与体重数字挂钩。

我认为，都是因为瘦了，前男友才会又用惊叹的目光看我；都是因为瘦了，我才有了发到社交网络上收获大量点赞的照片；都是因为瘦了，我才能吸引到现在的男朋友；都是因为瘦了，我又成了朋友们好奇和八卦的焦点。

"如果不瘦，我就不配。"

减肥必然有平台期，我当然不满足于"仅仅"瘦二十斤。为了所谓的更瘦更美，我加大了运动力度，随之而来的是食欲的增大。不敢挨饿的我只能一边疯狂跑步举铁，一边往嘴里塞水煮鸡胸肉。

而不得不承认的是，我大概永远都不会是一个热爱运动的人。大量强制运动让我身心疲惫，一旦身体和情绪反叛起来，那种对体重反弹的恐惧时时刻刻拀得我不敢呼吸。

平台期越来越长，我越来越焦虑，对数字变得越来越敏感，给亲密的人造成的压力也越来越大。男朋友笑着说句"你看你吃得肚子都出来了"，我立刻变了脸色，边质问他"是不是我胖了你就会甩了我"，边恨恨地把晚饭菜谱从清炒变成水煮。

风声鹤唳，草木皆兵。

我把遇到的所有不如意的事情全部归结于"身材不够好"，反反复复地与那点儿线条斤两做搏斗。马甲线终于也有了，为什么男朋友好像还没有多爱我一点儿，难道还要再练出翘臀？体重好不容易又轻了两斤，为什么我好像不再是每次聚会谈论的焦点，难道要再瘦十斤？可是我为什么要减肥来着，难道是为了成为一个模特，成为一个靠身材而活着的人？我减肥不是为了更快乐一些吗，为什么在短暂的狂喜之后，我终日生活在心惊胆战之中呢？

　　还有，我好像很久没看过书了。

　　某一天，我打开相册翻老照片，看到了一张最胖的时候去西藏时拍的照片——

　　我穿着红色的大长裙，拉下两边衣襟露出肩膀，光着脚，踩在一汪蓝色池水中间的石头上，头昂得高高看向天空，胳膊脸蛋肥嘟嘟的都是肉，但是非常、非常漂亮。

　　那一天，山里只有几摄氏度，游客都穿着羽绒服和冲锋衣，我光腿穿一条长裙一件薄风衣，下了车就把风衣脱掉往池水边跑。一路上很多人惊叹着夸我好看，提出要给我拍照，我补了个口红搂着他们朝着镜头笑。

　　后来回到车上，坐在我身边的领队说："气垫你最棒的是，那股子天不怕地不怕的踏实劲儿，让你有种超越单纯外表的好看的美。这是我最羡慕你的。"

　　那时的我有点儿叽叽歪歪地想，你是说老子的外表其实没那么美哦？

　　现在的我终于明白，那种不焦虑、不盘算、不衡量的劲儿，才是美的来源。

　　还不知道自己是个小胖子的日子里，我悠游自在，彪悍柔软，从来不责怪自己"不够努力""不够完美"，自信飞扬到光芒熠熠。而刚瘦下来的时候，我的快乐来自表相的变化与熟人的惊叹，短时间内得到的大量赞美让我放大了"瘦"在人生中的作用，完全忘记了自己真正存在的价值。而当人们的好奇和追捧散去时，我找不到我了。

想清楚这个问题之后，我不再同自己拧巴了。

网上有那么多的减肥励志帖，发声的永远是"胜利者"，是刚瘦下来就喜不自胜来发对比照的人。还有一些人，他们也许迅速在暴饮暴食中反弹，也许在长期的自律生活中懂得了鸡血无用，也许也陷入了反复的焦虑与自责之中，不敢在这样的环境中表述，或者是表述了却被人们有意识地忽视掉，成为沉默的大多数。

因此我始终没在网上发布任何具体的减肥方法，虽然我知道这样能带来大量的热度。学招式容易，无外乎少吃多动，营养均衡，然而修心法这最重要的事情，鲜少有人提起——

瘦下来好吗？瘦下来非常好，但你的价值绝不是"瘦"，当然也不是所谓的"胖"。

能够证明你的价值的，不应该是简单的斤数和尺寸，而是不管胖瘦，都爱独一无二的这具身体；不管胖瘦，都有发自内心爱好的事情；不管胖瘦，都有办法温暖和取悦自己。

我知道即使我苦口婆心地写了这么一长篇，能耐心看完的人可能不多，即使看完的也可能没太理解，或者留下句"哼，那你还不是瘦下来了""反正你就是胖瘦都有理呗"，可我还是得写下来。

它就是我，一个体重永远没下过百，成不了细胳膊细腿，多年来与斤数搏斗，与体形搏斗，直至慢慢学着接受自己的身体，享受每一寸肉体流露出来的理直气壮的女孩儿这些年的经验、挣扎和感恩。

或许你也在反反复复地折腾，在为减下去又迅速胖起来的几斤肉烦恼，坐在满地穿不上的裙子等衣服里，一心焦虑面色蜡黄虚弱得像个病人，又或许你也已经隐隐约约有了这样的想法，却不敢坦然面对它，每当你想放松一点点，却依然被无孔不入的"A4腰""锁骨放硬币""好女不过百""无马甲线不夏天"的概念吓得想立刻跑圈十公里三天不吃饭。那么我希望这些文字，能够让你更原谅自己一点，更理解自己一点，更爱自己一点。

真正美丽的绽放，是从你接受了自己可以不那么"美"的时候开始的。

而那一刻，你的人生才终于开挂。

PS：几条瘦身不反弹的小建议

● 放弃和天性做斗争。

我痛恨运动，所以纯靠大运动量减肥注定反弹，因此我选择在均衡饮食上下功夫，在运动量上顺其自然。

我喜欢碳水化合物，而精细米面不利于减肥，所以我在主食里加入更多的清蒸粗粮，不能委屈想吃淀粉的这颗心。

这样会瘦得很慢，但不需要动用"自制力""进取心"，会瘦得很舒服，很轻松。

● 体重数字有时什么都不代表。

过节聚餐时疯狂增加的体重数字只是盐分和水分，并不是实打实的肥肉。记住，大吃大喝之后持续一段时间的清淡饮食，水肿自然会消除。

大姨妈来临之前身体会储水，体重比平时胖个三到八斤不等，也无须惊慌。

当然，瘦了五斤也只可能是拉了一次肚子这么简单的事儿。

对了，现在健身行业被炒得很火的"体脂率"，也会随着时间和生理有所变动，且并不是每个仪器都测得准的，不必迷信。

● 有自己的审美观。

不要被流行审美风潮带着跑，管它是马甲线天使还是 A4 腰女神。营销界喜欢玩概念，弄出那么多新的审美标准只是为了赚你的钱。

好好看看你自己的体形，明白自己想拥有怎样的身体，达到怎样的一个程度就算满意，毕竟范冰冰瘦到八十斤也不会是刘雯。当身体很接近你理想中的样子，不要再狠虐它。

● 身材怎么样，主要是靠命。

后天美白怎么也拼不过天生白嫩，维密天使生来就四肢纤长百吃不胖，普通人再怎么努力充其量只能做个健身房教练。所以不要太苛求自己，培养一下对身体的感知力，比搞出一个芭比身体要重要得多。

买不起那个包包，
不是你的错

因工作需要发了个调查，问大学生最大的苦恼是什么。几千个回复中，"没钱"的比例出乎意料地高。

　　本来我想，没问题，没钱这事儿本来就会让人头痛一辈子，然后我细看，全是类似这样的一些回复：

　　"上了大学眼界开阔了，知道什么是好的，然而没钱买。"

　　"护肤品／彩妆／衣服／鞋子的开支太大了，为什么我只能在最美的年纪里最贫穷？"

　　"爸妈每个月给我三千，什么都想买，想要数量多还想要牌子，想要的太多了。"

　　"没钱没眼界吧，不能和大城市室友一起玩得开，也不能像他们一样一开始就知道自己要什么。"

　　"马上就要工作了，买不起好牌子的套装，也没有拿得出手的包，害怕被职场人排挤嘲笑。"

　　"没有钱，很自卑。"

　　"比不过，很难受。"

　　"买不起，很痛苦。"

　　哦，我去他的。

　　平时逛社交网站，这种帖子被转得特别多：《大学生如何给自己投资人生中第一件奢侈品？》《不化妆就是不尊重，不用口红就是没未来》《再了不起的大牌也有你消费得起的货》《八个包让你满足日常搭配需要》《女人一定要有的十双好鞋》……

然后我们就在某些文章里反复看到这样的话：

"包包是很耐用的东西，要舍得对自己好，来，看在你是年轻人的分儿上，攒攒钱买个入门级六千块的吧。"

"往脸上涂的东西一定要过硬，要舍得对自己好，来，一瓶洁面水乳套装一千块，现在有活动，八百块拿下。"

"鞋子是一个人审美的标准，要舍得对自己好，来，一双 Jimmy Choo（吉米·周）打折才五千，找香港的小伙伴买来吧。"

"风衣能穿十年，羊绒大衣能穿二十年，要舍得对自己好，来，拿出一万块预算，每年平均下来才几百，是不是很值得。"

"二十岁时你必须有一件 Burberry（博柏利）风衣，二十三岁的生日礼物应该是 Leboy（香奈儿品牌的一个系列）包，二十五岁的你怎么还没有披上 MaxMara（麦丝玛拉）大衣？"

"你怎么有脸穿淘宝货？"

"现在大牌海淘一点儿都不贵。"

"投资啊投资啊，你现在花的每一分钱都是你未来的形象啊。"

"你不够被人爱是因为你不够美啊，你不够美是因为你不够有钱啊。"

于是呢，没有能力赚钱，以及赚的钱只能勉强吃喝拉撒的小朋友，两眼一花脑子一晕，就开始咬牙切齿痛哭流涕生不逢时时不我待了。

"你们看，那个白富美同学，居然可以用天价面膜敷脚，我为什么不行，我真没用；那些跟我们一样大的网红，开个直播就月入十万，我为什么做不到，我真无趣；那些人都是应届生，一毕业就穿几千块的鞋子，我为什么没有，我真丢脸。"

"不是这个世界的有钱人多，是我们太没用，太穷了。"

哦，我再去他的。

惭愧地讲，作为某种意义上的自媒体写作者，我曾经也在不断用简单粗暴的价值观招揽目光，对这些买买买的写作套路还是有一点儿了解的：

第一种，能力所在，纯粹分享。

这些作者已经拥有了很高的购买力，写这些物品推荐和消费观念，是给他们同等消费水平的人做参考。还有一部分，是对当年那个没能力达到这种消费水准的自己的补偿。

所以他们会尽可能贬低自己以前的那个形象，来否定自己曾困窘过的事实。他们口中又土又穷的，不是你，其实是过去的他们。

第二种，工作需要，拿钱办事。

我，一个曾经就职于产品推荐网站的编辑，曾经每天都要和同事撰写大量我没用过的冷门产品推荐文，你们现在能看到的许多《有什么很贵又很值得买的东西》《一再回购的好物推荐》之类被营销号炒了几万次的帖子，很多都是我们写出来的。

五千块月薪的人教三千块月薪的人怎么过年薪百万的生活，对，就是曾经的我们。

第三种，打扮自己，抬高身价。

有些小姑娘钓金龟婿的方法，是攒钱坐头等舱住五星级酒店出入高级健身房，把自己置于那个消费阶层，方便认识有钱人嘛。同样，一些——我说一些啊——写作者，并没那么有钱，只是故意罗列一些牛 × 牌子营造自己很有品质的形象，借此树立社会身份和获得更多资源罢了。

所以呢，不要轻易相信那些网络热帖所营造出来的世界，大多数人，百分之九十九的人，真的不会把那么贵的东西当作日用品。

我们活在一个鸡汤短平快、真理一刀切的世界里：所有的痛苦都是因为穷和丑，解决问题唯一的出路就是请你攒钱去整容。有车有房有对象就是独一无二的成功，灵魂的多样性只在于香水味道的不同。如果你跟同学聚会还拎着去年那个包那你真的不太优秀，如果男朋友不给你买全套口红那他一定不是那么 into you（为你着迷）。

为什么呢？因为这样商家好卖货啊！我们软文写手好赚钱啊！

但是你们的信用卡还不上，每天为了牌子和价签疲于奔命，人生永远只有消费没有产出，商家和写手会管你们吗？

哦，也会的，我们会说：那还是因为你不够努力，以及你的男朋友不够爱你。

你要继续陷入这个圈套吗？

跟着时尚账号学搭配，学审美，树立远大目标，获取赚钱动力，赚到钱买东西犒劳自己，特别好。觉得自己没有钱，没有用，打肿脸充胖子，以此作为当下的消费标杆，买不到就抬不起头，边儿去吧。

然后我们再来讲讲现实世界，讲讲我自己。

我算比较幸运，虽然家里是普通工薪阶层，但从小到大没吃过什么没钱的苦头。大三那年开始给网站写稿子，每个月能把自己的生活费搞出来，靠着这点儿兼职，毕业第一份工作并不需要记账过日子，那时我确实特别想要一两件大牌东西，买不起贵包就拿口红过了下瘾。月薪到了一万时，我给自己买了个三千块的包，本想上班背电脑用，可装了两天重物就变形了，再没怎么用过。现在虽然没有固定工作，也能养活自己，不太为生计发慌，按照一些人的标准，我应该可以给自己买几件奢侈品，但是买大牌的欲望居然几乎消失了。

我不会诋毁奢侈品，贵的东西就是有它的好处。但不用奢侈品我也不自卑，因为我知道自己独一无二的价值在哪里，我知道自己即使没有钱了，也能依然活得踏实体面，能再把钱挣回来，能拎着一个用了好多年的包，挎着一个爱了很多年的人，笑得还是好看。

你也许会觉得，我在自己的生活圈子里并不算穷困的那种人，没资格评价别人对物质标签的渴求，但是，多少钱算多呢。总有比你更有钱的人，总有人天生就比你家境好，后天就比你能赚，你穿美特斯·邦威时人家穿 Zara（飒拉），你穿 Zara 了人家穿 MiuMiu（缪缪），你买车了人家买房，你有房了人家私人飞机开上天，你怎么比。

我的交际圈里有很多有商业头脑的朋友，在我给网站写稿子时，她们开店月入十万，在我开始做自己的账号时，她们已经有了自己的公司和投资。有人也会来问我，说气垫，那谁谁谁一篇稿子赚你两个月的钱，那谁谁谁现在又买了房和车，你不羡慕吗，你准备怎么变现，你个网红怎么一点儿生意头脑都没有。

羡慕吗，真的是有的。

我也想要吃喝玩乐不看价目表早日实现财务自由能对一切傻 × 说翻脸就翻脸的本事，但我深知每一笔收入后面的付出，要天赋要勤奋还要运气，每个人只能在权衡得失后，于自己的能力范围内做到最大，靠跟别人比较得来的"人生赢家"，是无法心安的。

我偶像跟我说过，他定义里的四有青年呢，是"有趣、有情、有爱、有钱"，其中的"有钱"，不是说你赚了多少攒了多少，而是说，你有运用你手中这笔钱的能力，箪食瓢饮能自得其乐，钟鸣鼎食也能秉持其心，不管你有多少钱，你都能用这笔钱让自己过得踏实快乐。所谓"财务自由"，重点不在"财务"，而在"自由"。

这两年我一直在用《了不起的盖茨比》中的这句话提醒自己："每逢你想要批评任何人的时候，你就记住，这个世界上所有的人，并不是个个都有过你拥有的那些优越条件。"

其实相应也可以这么说：每当你想要自卑的时候，你切要记着，还有更多人并不具备你禀有的条件。

所以，真的可以在审美上努力学习，不要在消费上垂头丧气。不要把自己变成一个挂满了价格标签的圣诞树，你的力量，你的价值，你的生活质量，跟你穿什么牌子的衣服抹什么成分的护肤品拎什么限量的包包基本无关。少被"对自己好就要买这个／爱她就要买这个／不买就是不爱／不买不是中国人"之类的营销手段绑架智商，生活不是那些时尚账号描绘的样子，你买不起那些东西真的不是你的错。

　　好好读书，好好工作，接受自己，量力而行。八百有八百的爽法，三千有三千的日子。

　　你该用来对自己好一点儿的，是宽松舒适的心态，不是遥不可及的大牌。现在有能力的累积，以后有物质的累积，你会有很好的生活，更好的生活，最重要的是，永远坦然而快乐地生活。

在壮年时

生一场重病

看郝蕾 2014 年初在《易见》的一个采访，彼时她刚诞下一对双胞胎，生命进入新阶段。采访地点在话剧舞台上，郝蕾戴着灰色毛线帽，穿着条纹花色的毛线衣，一脸温柔坦荡地坐在那里。

话题终于无可避免地进行到她曾经轰轰烈烈的离婚事件。

郝蕾说："2009 年是灾难的一年，你也可以说是重生的一年，涅槃重生的这样一年。因为发生特别多的事儿，你也不知道为什么一下子集中在那么短的时间内，就逼迫到你要变成另外一个人，另外一个样子。但还好，我觉得命运对我很不错，因为那个时间非常短，但是有的人可能用一生或者几世去完成这样的一个转换。"

主持人易立竞问："这一年的时间，你觉得可以用修复这样的词来形容吗？"

郝蕾："其实是手术。原来你不知道它有一个隐患在，你觉得自己活得特别健康，你觉得太美好了，一切都特别美好。你本来没有任何伤口，什么都没有。然后你打开（表面）以后会发现，原来里面早有一个毒瘤或者癌症之类的，然后你才会去做手术，是这样的。"

屏幕里的易立竞又问："你自己觉得内心破碎过吗？"

郝蕾边笑边摇头："哎呀，破碎无数次！破碎无数次！人家都说什么，我的心碎了一地，那程度不够。碎一地，研成末儿，突然又来了一个龙卷风，给吹走了，应该是那样的一个状态。一定会有无数次这样的过程，你才能成长，你才能升华，没有办法。"

她称那段变动和重生的时期为"手术"。

"在风华正茂的时候，遭遇严重的一推。"像是所有的好运气都已透支，你终于到了偿还命运的时刻。在那之前，造物主给了我们一个看似完美无比的人生，突然，他拿走一点儿，再拿走一点儿，拿到我们发现，原来我们是如此弱小，根本没有与他交涉的任何可能性。

在连续的坎坷波折和无数的困惑悲情之中战战兢兢摸索向前的日夜，带着"这次总应该到头了吧"的侥幸心勉强起身旋即又被新变故击倒在地的时光，以及就算艰难挨过仍有噩梦绕梁的岁月。我曾一直想着如何去形容那段时期，如今终于和这个寻觅过无数次的词语相逢。

那不是"苦难"和"历练"，是"生病"和"手术"。

一个平常的日子里，你有些头疼，开始感冒，几天后变为高烧不退，行动困难。你去了医院，以为开几服药就好，没想到医生看着你说，等你很久了，这是个大病，不健康的作息习惯是一部分，环境不佳是一部分，不走运也是一部分，早发病早治疗，你需要住院，需要开刀，需要疗养很长时间，需要重新审视和改变你的生活方式，去吧姑娘，都有这一遭，别太害怕，放松心情。

小挫折是不够的，丢了一份工作，赔了一些钱，都不算什么，让你重生的，一定会是巨变，伤筋动骨不止，剥皮抽筋有之，使你奄奄一息，两手空空。

在这些祸事之前，我们不是我们自己，而是被外界价值观捏造成的人。虽然开口闭口理想生活和正确三观，理直气壮得不得了，却没经过任何人生浪涛的拍击，易燃易爆得不得了。我们没有把自己的情感逼迫到极限又超越过，没有在毫无后援之时于险恶之前挺身而出过，没有用双手和智慧化解过矛盾争取过利益，没有亲口承认过自己的邪恶与无耻。

而这个时候，只要世界朝我们轻轻一笑，露出百分之一的真相，我们就会狼狈不堪地，大叹人生艰难世情险恶了。

并非世情险恶，世事本是如此，只是之前有太多人替你分担了你本该承受的东西，而你沉浸于青春盛宴中的幻象，面对不了真实世界的四面楚歌。

那个瘤子，那种病，是水晶球里的小娃娃幻想出的童话人生。切掉它，长出新的血肉，此时双脚踏在大地上的你，才开始诞生。

卢泓言写过这样一段话："在藏区有句老话——你得有足够大的福报，才会挨上师一顿打。大部分的人弱不禁风，上师只能对他们笑脸呵护。你得有足够大的福报，才会在壮年生一场重病，遭一场濒死的大难。这是清零，清零才是让一个人彻底反思、脱胎换骨的方式。清零了，你才会重新架构起一套更具有生命力的性格和思维系统，开始对暴露出来的所有盲点做出修复。"

热播剧《我的前半生》里，女主角家庭主妇子君遭遇了婚姻和人生的巨变——丈夫出轨提出离婚，打官司争夺抚养权，搬出原来的大房子，从超市售货员开始重新工作，一个人安抚和教育孩子。她惊慌失措，难以置信。

处于旋涡之中的人，难免哀叹命运不佳，走了很久再回头看，才明白所谓厄运，只是事情发展到了它本应呈现的面目。

事实是，所有的承诺都是片刻的真心，不是花了钱的商业保险，不为你的人生负责。任何方法都不能保证关系的稳固长远，放弃了经营二人世界之外的独立生活，不但会在关系中处于看似被宠实际被动的地位，更会在无可避免的关系破碎之时无力承担生活。

被十年婚后优渥生活宠得直不起腰的子君，终于开刀取瘤，与曾经的蒙昧天真道别，伤痛之中，试着挺起身来。

后来，终于有一天，在深夜的客厅里，男主角对她说："记住，你现在得到的一切都是通过你的努力换来的，不是谁的施舍，你现在的生活也并没有比以前更舒服，只是你比以前更加强大了。"她眼中盈满泪珠，宽大的毛衣之下，新的灵魂熠熠发光。

还好，这一场手术，发生在女主角三十三岁时，美貌尚存，精力充沛，亲人康健。再晚十年呢，再站起来有多难。

前段时间，我和刚工作时就认识的好朋友碰头。我们都不再是那个少女了，我独自生活，失去过很多，也经历过相当狗血的事情，她当了妈妈，生过重病，切过肿瘤，刚刚解决完一场家庭危机，也是心理危机。这一年内，每次写她时，她都处于不同的震荡期，这一次，刚刚把头发剪短的她，说终于可以重新接受自己和家人——

"前一段时间，家里很乱的时候，我想，既然我已经把话说破了，人放开了，那就试试做那些因为婚前还没来得及做而让我感到遗憾的事情，譬如胡乱交际，比如抽烟喝酒，譬如到处旅行，譬如在家挺尸，譬如联系没有把话聊透的失联朋友，譬如夜宿在失联很多年的旧友家。

"随着做得越来越多，遗憾越来越少，我却发现很恐怖的事情——自己原本走的那条路，被我在家庭和身体危机时唾弃的那条路，可能真的是最适合的，最自然而然的。如果我没有结婚生子生病，另一条路可能更加心惊。

"以前有一段时间，活在所谓完美人生的阴影之下，结婚、养育孩子都有包袱，怕自己做的不是别人眼里完美的标准，结果你也看到了，一团糟！后来寻觅了一圈，尝试了种种，才真正懂得要接纳我们所在世界的不完美。从前是靠改变自己去配合家人，去成全我的婚姻，现在我可能体会了什么叫包容。不是改变自己，不是委曲求全，不是改变别人，就是平常心，是一种看淡。

"老天爷必须给我来这么一遭，不然我还会一边患得患失一边佯装无事，说不定和家人互不知情地折磨到死。不幸是真的，幸运也是真的，好在走过来了，我是踏踏实实地拥抱现在的人生，没有再拿道理说服自己，而是变成了这样的人，不再疑问了。"

我曾经不懂那句"我更爱你被摧残之后的容颜"，那天看着她的脸，不得不承认那是真的。

年轻女孩儿都是大同小异的活泼又焦虑，而被摧残过的面孔，各有各的沉静与浑然。眼神不再梦幻和好奇，而是淡淡的，雾蒙蒙的，嘴角也不总是上扬，总是斜斜撇着，微笑起来也有感伤。那么多次雷霆之击，有的人就此噤声，有的人慢慢拥有了和命运谈判的机会。那么多次长夜当哭，有的人被侵蚀出衰老疲惫，有的人被泪水浇灌出不灭的光彩。一场大病过后，有的少女消失了，有的女人终于重生。

我们都二十七岁，见识过彼此身材最胖皮肤最差状态最烂精神最绝望的时刻，好在我们不再年少，却尚算年轻，渡劫过后又活了过来，感受着新长出的血肉，诚恳地面对生活与自我，准备迎接下一次绝症，下一次手术，下一次重生。

成长总有痛楚相伴，微笑背后必有伤悲，世界上没有那么多浴火重生无坚不摧的伟人，你与我都是只能与恐惧和梦魇努力相处的平凡英雄。

Chapter III

当我失恋时我能做些什么

好好说话，
好好爱他

前段时间，爸爸妈妈从山东老家来深圳看我，一直问我和男朋友准备什么时候定下来。我听得烦躁不安，顶了几句嘴，你们就是想让我赶紧结婚，就是怕我以后没人娶，就是对我不自信之类的话吧，很不懂事，很自以为是的那种。

后来他们回家去了。再后来我在一个夜晚，收到一些微博微信朋友的留言，说羡慕我能打理自己的生活，能够在大城市里早早独立，把人生安排妥当。

我叹了口气，看着四周。

第二天要交稿，一字未动，后天要搬家，根本没收拾，大后天要出个长期差，好多手续还没办，以及杂七杂八的水管铁皮要重装，颠三倒四的人情世故还未还，我在一地猫毛头发纸盒塑料袋中光着脚走来走去，突然想起我妈前几天来看我时说的话——

"想让你和男朋友安顿下来，并不是催你结婚生孩子走完人生流程。女孩子在大城市不容易，你又不喜欢交际，什么事儿都自己来，太累了，也不安全。妈妈又帮不上忙，就希望你有个固定的人，什么大事儿能够搭把手，共同生活，不是漂着，妈妈就放心了。"

然后我突然垂头丧气，想干脆就坐在一地狼藉里面，打个电话质问在几千公里以外工作的他。想说你这个人怎么当男朋友的，想说我焦头烂额的时候你在哪里，想说你不照顾我有的是人排着队照顾我，想说你知道我为了跟你在一起放弃了什么吗，想说我不管了都给你都给你都给你。

然后我拿起手机正好接到他的消息，他说："我下班了，你睡了吗？"

再然后我就平静下来了。

我在被搬家烦扰，他在与工作折腾，我在颤抖着面对未知的恐慌，他也在努力地维护自己的世界。

红尘打滚几十年，谁比谁的破事儿少一点儿？所有令你发疯爆炸的人生琐碎，爱你的人也正在面对。

有一句话很流行，说我们总和喜欢的人吵架，和陌生人说心里话。

可能对一些人来说，因为爱，所以我要把生命生活吃喝拉撒都托付给你，你要把存折现金软件密码都交代给我，所以我要做你的公主，我还得做你的女儿，你要做我的英雄，你还要做我的管家，所以我可以把一切负面的不耐烦的情绪都丢给你，你必须抱紧恶毒的颐指气使的我，我的痛苦你不但必须明白，还得能立刻解决。

然后我们说，做到这几条，才能是爱情。

可是我觉得，爱应该给我们的是共同面对生活的勇气与力量，不是把烂摊子甩给对方的理所应当。

所谓恋人之间的分担，也不仅仅是向彼此倾诉痛苦而已。还有一种分担，是我们曾努力隐藏所有的不如意，为了相聚时给对方留下所有的好回忆。

于是我回复说："刚忙完，有点儿累，你困不困，要不要和我聊聊天？"

好好说话很难吗？当面对最爱的人时，可能有时候真的有点儿难，但我想给你们一点点沟通相处方面的经验。

一、不要用负面手段达到正面目的

我前几年热爱用让对方吃醋的手段来增进双方的紧密度。跟偶像剧里一样，利用一下男二号，于是男一号就暴跳如雷，双方吵架强吻猛搞和好，越虐越甜蜜。

后来我才知道，偶像剧演的是王子公主在一起之前的故事，它不会告诉你两个人怎么维持几年甚至终生的关系。

我有个很漂亮的女性朋友，已经有了非常出色且两情相悦的男朋友，也喜欢弄这套。他们是异地，每天要电话微信交流，我的女性朋友在不多的交流时间里，展现的几乎都是"那个×××又追我了，躲都躲不掉""今天收到了花，不知道是谁送的，蛮讨厌""我今天拒绝了×××送我回家的邀请，我是不是很棒"。

如果按照一些理论，这种证明自己异性缘很好但对另一半无比忠诚的战略能够让对方更加珍惜和离不开自己，结果呢？

刚开始她的男友表现出了积极的应对，行动上频频宣告所有权，对女孩儿更加亲密宠爱，然而几次下来，男友态度明显冷淡，女孩子加大了"刺激力度"，然后男友回她：

"你是不是乐在其中？"

结果啊，结果你们也猜得到，在女孩子的不理解中，两人分手。

你身边有一个追求者，他吃醋，宣告主权。你身边有三个追求者，他吃醋，宣告主权。你身边有十个追求者，为什么你已经有了另一半还总让这么多的追求者出现在生活里，你真的把另一半的心情放在心里了吗，还是这些追求者和你的爱人一样，都只是用来证明你魅力和虚荣心的东西？

他曾有多爱你，可能会通过他被你伤得有多痛苦来验证。但他会如何继续爱你，只能从你和他共同营造的愉悦感中产生。

别自作聪明，别用伤对方心的方式刺激爱情，兴奋剂不是药，刺激一次，消磨一次。

二、用具体目标奖励对方满足自己

情侣沟通一定得事先用细节定好自己想要什么。"我就要他爱我""我就要他对我好"太抽象了，要具体到小目标，用小目标的实现换来抽象概念的满足。

闹了别扭，那对方给我打两下屁股我就不生气了。两人约会，对方要是今天带我吃了那家餐馆我就开心。最重要的是，你的目标要告诉另一半，实现了就给糖吃。

两性的思考不在一条线上，他的做法不符合你的预期不代表不喜欢你。别生闷气，别等对方猜，给对方放个小梯子，大大方方伸出手，交给他一个能表现的机会，这样对方有事做，你也容易开心。

三、绕开恶毒的话语，说出你真正想说的东西

也有人问我，如果在最爱的人面前都不能好好做自己，那要喜欢的人有什么意义。

可是，那个口出恶言、口是心非的你，真的是你自己吗？

我曾想到过这么个句子，不一定恰当：笑着哭的样子是最令人心动的。

笑，代表理性的姿态，大大方方，真诚面对，不忸怩作态。哭，代表情绪化的内容，我不太开心，我有些疑问，我离不开你。

真正的你想说的是"别离开我"，却说出了"那你走吧"；真正的你想说的是"我很爱你"，却说出了"你不爱我"；真正的你想说的是"我害怕"，却说出了"随便你"。

所以为什么不直接说出你想说的东西呢——"我很爱你，我害怕你离开我，我有点儿失态，你不要生气，好吗？"

你要先爱你藏在自卑无助别扭后面的真诚心意，那才是真正的你自

己，也是他爱的你。

四、把对方想象成你的同性好友

你平时都是怎么向好朋友提要求的？

你一定不会觉得"因为你是我的闺密，所以我不说你就应该懂，所以你必须知道我想要什么节日礼物，所以你必须随叫随到风雨无阻，所以你必须听得出我每句挖苦后面的真心，所以你必须……"。

相反地，你会用最温柔体贴的方式对待自己的好朋友。

"你心情不好吗？怎么了？要不要我去看你，想吃什么我给你带。"

"节日想要啥礼物，链接发过来，我给你买。"

"选在×××见面吧，离咱们都近，或者你不方便的话我打车先去带你。"

"你真的特别好，别管有没有别人追，大不了我陪你过一辈子。"

我总看到一些姑娘说"空有一身泡妞的本事，可惜自己是个妞"，可是她们从没有把在同性面前表现出来的也表现给异性。

她们总是别别扭扭，吞吞吐吐，内心滴血，守口如瓶，想得太多，从来不说。

那你们知不知道，如果不是为了性生活，其实男人更喜欢跟男人在一起玩？

做他的好朋友吧，这一点都不会削减你的女性魅力。美好的品质都是共通的，那些你在你好朋友面前表现出来的豪情义气与温柔体贴，其实你的另一半也同样需要和喜欢。

嗯，这些和另一半沟通的技巧呢，都只是针对你自己的负面情绪处理。如果对方做了什么大小错事，肯定还是要根据你自己的底线和自信再来决定。

　　好好说话，并不是要你委曲求全，是让你培养一种先体贴自己再温柔他人的能力。世上没有什么命定的灵魂伴侣，有的只是努力经营的平凡夫妻。能有一个人让你去因为爱情而欣喜发光真的不容易，别说难听的话，别推开他，别把他气走了。我知道你不想这样的。

最坏的一面

"我自私，缺乏耐心，没有安全感，我经常犯错，甚至野性难驯。但如果你不能包容我最差的一面，那么你也不配拥有我最好的一面。"

　　这话出自玛丽莲·梦露。第一次读这句话时，我还未看过她的电影，不了解她的人生。她那几张流传广泛的照片，按裙子，挑眉眼，金发红唇，白床单裹住身体，也并未能打动我。再配上"性感尤物"的标签以及"总统情人"的传闻，于是我很直接地把这句话理解成为一个脾气大的美人儿在为自己做过的糊涂事高声辩护——嘿，谁让我好看呢？

　　气得我一拍桌子，发了条自以为能警醒世人的状态："别用这话给自己犯的神经病找借口，人家是最好的梦露，你只是最差的普通人，你最好的一面能抵消你最差的一面并且抵消了之后还有剩吗？你值得人家去应付你最差的一面吗？"

　　转发评论数节节攀登，我得意扬扬。

　　那时的我只是个好运气的小朋友，有简单的思维，也有粗暴的行事风格。在我看来，"错误"是可以改的，"懂事"能换来和平，光明与黑暗是两种事情，恃靓行凶不过是报应未到。

　　但事实呢，我自以为情场之中的战无不胜，只是正好被深深爱着，被包容了一切臭毛病，却还独揽功劳，认为是自己多么通晓人性，多么会经营感情。

　　我误会了自己，也误会了这个女人。

我们总喜欢用"后来"这个词，中间隔了多久，发生了什么事，人又长大了多少，说不清楚。

后来，我遇见一个人。他像个总要离开又正在归来的孩子，随心所欲，乘兴来去。我被迷得神魂颠倒，暗暗对自己说，不要用情侣间琐碎的相处毁掉爱人最迷人的品质，我要保护它。

某次送他去机场。看他入安检后，我磨磨蹭蹭不愿意离去，低头收到他的消息：飞机要晚点起飞尚不明确具体时间。我说那你别走了，回来吧我在安检口等你。三秒钟后我看到一个"好"字，三分钟后迎面而来一个跑得呼哧呼哧的大个子。

我冲上去抱住这座山，这时他手机收到提示说，准备登机。

"还要回去吗？"我有点儿丧气。

"我都出来了，回什么回。"他拉着我的手往外走。

我从未经历过这个，简直是爱情电影，人说不走就不走了，票说不要就不要了，因为我的一句话？因为深圳放晴的好天气？我飘飘然出了机场，他的归来像一个魔法，我像十六岁的郭襄看到了满城烟花。

大赦天下，举国欢庆，午饭在温馨甜蜜的气氛中进行。

饭后要去宜家，他提议步行过去，路途不远天气也好，一男一女浪漫浪漫。我大力点头。

结账时他看了眼电量不够的手机，改口说还是叫个专车顺便充电。我又点点头打开了打车软件。司机接单，小汽车飞速赶来。

他走出店门沐浴阳光，感慨深圳之美，然后扭头看我。"大好时光不能辜负，不充电了，你取消一下叫车吧，我还是想散步过去。"

我开始不爽了，但依然照办，打了电话给司机。絮絮叨叨的责怪声从听筒中传来："哎呀，你下了单就不能改了，会给我们扣分的，这个麻烦很大的，你怎么不想好再决定。"

我拿着手机站在原地不吭声儿，他走过来看着嘴噘上天的我，说司机很难缠吗，那我们去坐车吧。

进到车里我气鼓鼓地看向窗外，不拉他的手也不回应他的话。对峙半晌之后，他把我的手握了过去，问为什么闹脾气。我终于发作："为什么你总要由着自己的性子来，想怎样就怎样，难道不能一个念头贯彻到底吗？"

"可你不就是喜欢我这点吗？"

我惊了一下，明白了什么。

"如果不是我想做什么就做什么，我中午还会和你一起吃饭吗，我现在还会和你去宜家吗？"

"不会……"

"你不能一边享受随心所欲产生的刺激浪漫，一边企图铲除掉恣意妄为可能带来的一切麻烦。你不可以责怪它，只是因为我的性格没有在这个时候让你得到快乐。"

阳光透过车窗打在脸上，这段感情里曾令我郁结的地方终于疏朗。原来那些我用来折磨过自己的，他的任性与自私，正是当初深深吸引了我的，他的自由和随心。

有时在感情里，你觉得他当初吸引你的地方，突然有一天成为你无法忍受的缺点。《欲望都市》里，凯莉在餐厅里看着为了吸烟而对侍者"厚颜无耻"撒谎的"大先生"，一股不忿之气涌起。她说："你真的很傲慢。"

"大先生"疑惑地回答："我以为你正喜欢我这一点。"

他没有变，亦无所谓优点和缺点。同一特质展现出来的天差地别，原因在接受者的心。

有个人和我提起他的女友："她很好，长得漂亮，性格大气会交际，也非常照顾我。可是她花钱太不精打细算了，买东西不比价格，能打车绝不坐公交，每个月不记账。我怎么让她改会比较合适？"

我问："她花你的钱吗，要求你送超出你生活预算的礼物了吗？"

他说那倒没有，除了一些约会开销，女孩子花的都是自己的钱，不过他就是看不爽这种"不健康"的消费习惯，他要"为女孩子好"，也"为两个人今后的相处着想"，让她"改掉"。

一直不喜欢所谓"女神都是用钱堆出来的"之类的营销术语，但我也知道，人若能做到仗义疏财，定是对自己的吃穿用度也不会过分计较。女孩子的体贴不会停留在嘴上的嘘寒问暖，她一定没少大包小包地往你家里塞你需要的好东西。品位的锻炼离不开多看多试和大量的消费实验，一个漂亮姑娘眉宇间的舒展，来自她尽可能地想让自己过得不那么需要计算一些。

你想要一个在每月账单上精打细算的女朋友，就要做好失去这一切的心理准备。

而你究竟是想让她"改掉这种不健康的消费习惯"，还是缺乏一份能够欣赏和尊重她整个人格的底气呢？

但我终究没有和面前这位男生说出这些，我给他的建议是：如果要活得舒服，就去选择能够互相认同和体谅的同类。人是无法改变的，每个人有自己的骄傲，合不来则散吧。

玛丽莲·梦露。

后来，终于看到她的电影。动态的她，白嫩，柔软，头发蓬松如梦，声音像露珠，眼神中包含所有的孩子气和爱。她走来走去，如同云遮住月亮又散开。她的身上有一切的女性，和一切的人。

梦露的幼年在孤儿院、精神病亲生母亲、养父母与姨父母之间颠沛流离。为结束这种动荡，她选择早早嫁人，又草草结束婚姻。她辗转遇过无数个男人，流连过才华与权力，她的一生都在寻找真正的爱——我说的不只是爱情，而是踏实的被需求的感觉——她把身上的每一块儿都奉献出去，取悦别人，只要他们需要。在用美貌征服好莱坞之后，她一边坚信完美坚毅的肉体可以得到一切，一边为无人注意她百孔千疮的心灵而万分痛苦。

海明威评价她："玛丽莲从未有过真正的幸福，她自己倒安享于这种生活以及生活带给她的感受与思索。"她一步步走向神坛，也把自己送入祭坛。

我好像终于理解了她的那句话。

"我自私，缺乏耐心，没有安全感，我经常犯错，甚至野性难驯。但如果你不能包容我最差的一面，那么你也不配拥有我最好的一面。"

她自私，因为她无法把控命运，索性及时行乐。她没有安全感，于是总在寻求强大的保护者。她像个婴儿，没有是非的判断，也可以被一切伤害。她纯真的笑容与那些胸大无脑的金发妞不同，她那双永远相信爱情的雾蒙蒙的眸子，背后是永远得不到灵魂伴侣的绝望。

嗑药酗酒到精神失常，她依然保持着头脑清醒：最坏的一面一旦消失，最好的一面也将不复存在。

这是一个活着的、会呼吸的、无法被切割的人。

三岛由纪夫说："你们看见玫瑰，就说美丽，看见蛇，就说恶心。你们不知道，这个世界，玫瑰和蛇本是亲密的朋友，到了夜晚，它们互相转化，蛇面颊鲜红，玫瑰鳞片闪闪。你们看见兔子说可爱，看见狮子说可怕。你们不知道，暴风雨之夜，它们是如何流血，如何相爱。你们不知道，这是一个神圣和屈辱互相转化的夜晚。"

爱上一个孩子，就不要责怪他无法强大到能庇荫你。离不开大众英雄迷人的光环，也请做好他不把你放在第一位的准备。情绪激荡的人会给你熊熊燃烧的爱意，和最冰冷彻骨的离去。有多热忱就有多无知，有多理智就有多薄凉，蜜糖与砒霜不过是于己于彼，天使与魔鬼原本存于同一个身躯，这个身躯，叫作人。

我最坏的一面，也是我最好的一面。

这就是我。

当我失恋时

我能做些什么

作为一名战无不败屡败屡战的常败将军，我不会教你怎样快速走出失恋，就像我无法教你怎么让他哭着喊着回心转意。这种心灵的大震荡，是无法吃两片药睡两觉瘦下二十斤就平复的。这一次好得越轻松，下一次伤得越雷同。

失恋最大的威力，莫过于你会怀疑自己毫无价值，不配被爱。我只能试着安抚你，让你不要自我怀疑太甚，不要把日子过得太悲惨，将来再花数十倍的力气去修复被自己摧残殆尽的自信与脸面。

爱情依然是最美好的事情之一，你依然是值得被爱的人，希望我的一点点经验，让你不要把它否定。

一、该哭哭，该醉醉，爱谁谁

有一个漫画，讲男人女人分手之后不同时间阶段的状态变化：分手第一周，女人悲痛，男人欢呼。分手第二周，女人低沉，男人微笑。分手第三周，女人表情平静，男人略有失落。失恋一个月后，女人重获新生，男人痛哭流涕。

虽然不能简单以性别断定，但这漫画至少可以说明，能够迅速发泄出分别伤痛情绪的，开展新生活的速度也会更快一些。

不要刻意转移注意力，第一步必须是发泄。作也好，戏剧化也好，能哭就哭，想醉就醉，这也是你为数不多可以毫无愧疚地吃垃圾食品的时刻。反正克制和放纵是一样痛苦的，很多选择，不是为了不后悔，而是只能这么做。

哭完之后，别忘了涂口红。

是的，特别难熬，非常无助，极其丢脸，然而慢慢你会发现，流泪的次数从二十四小时二十四次，到一天一次一周一次，再到你忘了上次流泪是什么时候。

你终于开始不那么难过了。

"每个劫数，时间会善后。以往那轰烈，渐渐会变温柔。长年累月，就算你多念旧，明天一滴也不留。"（《会过去的》）

二、同信得过的朋友在一起

我有过两次伤筋动骨的失恋。第一次疗愈期用了一年半，另一次虽然更痛，但还好，难熬的日子不到两周。

很大一部分原因是，第一次我觉得很丢脸，于是选择了独自消化，第二次我怕自己待着会出事，于是主动叫了朋友过来。

被信任的人目睹崩溃失态，我曾以为会无比难堪，没想到是洗了热水澡般的痛快。有人握住你的手，努力感受你的情绪，对你说随便哭吧纸巾管够。想追剧骂娘 OK，想出门浪荡也可以，要在同一屋檐下各干各的都没问题，她人随时在，手机一直开，啤酒零食给你提过来，连哭后修复的面膜都给你准备了好多袋。

独处的时间是要有，但若所有问题都靠独自待在小黑屋里演内心戏来解决，难免陷入自怨自艾的情绪旋涡。一个永远只和自己的痛苦打交道的人，去哪里找到爱自己的能力？

不想让别人把你当作一个可怜人，只想让别人把你当作一个有用的人，所以要和珍惜你的人在一起。我的那个朋友说："虽然我更希望你感情平顺无波折，但我很开心你在需要求救的时候想到了我，我也不会辜负你的信任。"不论你在爱情道路上丢过怎样的脸，犯过怎样的错，她是不会责怪和丢弃你的那一个。

你的朋友也需要你，不只在她痛苦的时候，也在你心茫茫然的时刻。这种被需要的感觉，也是我们重建自我价值感的来源。

三、别急着脱胎换骨，先维持基本脸面

很多文章会告诉大家现在是最好的"升值期"，要旅行，要学习，要健身，要由内而外换个人，要下次见面让前男友掉出狗眼。

但你先照照镜子。

头发油腻蓬乱，皮肤泪痕斑斑，穿着三天没换的前男友大 T 恤，眼睛肿成一条线，失恋让你丑得当机立断，而旅行学习健身对你外在的提升都需要大量的汗水和时间来换，那是心情平复之后的事儿，不是还在苦熬失恋期的你要做的。

现在的你要做的是，保持脸面，维持自信。

● 哭泣熬夜，别忘了好好洗脸，尽情买醉，记得多喝白水，有了坠落谷底的心，就别再摧残身体。

● 出门别邋遢，头发必须洗，画好眉毛涂好口红，简单打个粉底，做个指甲，修个眉毛，做个美容，剪个头发，越丧越要神清气爽，这是对命运的一点儿倔强和对抗。

● 清空 wishlist（愿望清单）。那个想等到下次发工资再买的包，那条在橱窗里孤单了好久的连衣裙，还有你每天转发抽奖微博一万次只想被幸运之神眷顾的那套限量彩妆，去他妈的，全部刷回来，老子自给自足，老子幸福美丽。

● 拿出两个小时，给自己做一个最畅快通彻的SPA：

洗发，头皮护理，发膜，洗脸，清洁面膜，补水面膜，身体磨砂，除毛，沐浴液，体膜，彻底冲洗，多拿几条毛巾擦干，面部护理，身体乳，吹干头发，修剪指甲。

不要吝啬用量，不要走出浴室，不要停下热水，你要全神贯注在每一寸肌肤和毛孔之上，体会在专属空间里被自己好好照顾对待的感觉。

这个自我 SPA 不一定在肌肤护理上多么专业，但绝对有助于解压。我压力大时也会用这个方法整顿自己。

总而言之，不让自己难看，就是不让自己难堪。

四、约会，约会，尽可能多地约会

哦，面膜也贴了，口红也涂了，高跟鞋也踩了，光靠姐姐妹妹们一顿猛夸"还是那么美"可没用，你需要多一点儿异性的夸奖来证明魅力，你需要多一点儿的荷尔蒙来拾取信心。

人生有时就是这么浅薄又有趣啊，调情比谈情来得爽快，暧昧比爱情更能让人永葆青春。

别把这看得太上纲上线。不是每一个约会都带着开展新生活和迎接下半生的责任，它只是两个有着高质量生活的人的高质量共处时光。相比大多数同性朋友的极端情绪化，来自异性的理性力量，让你在和他们相处时，能感受到来自另一个世界的善意和温情，也会让你更珍重自己，不再随意处置自己的人生。

一点儿小建议：在失恋期和异性见面时，切忌絮絮叨叨地诉说你对上段感情的留恋，可以适当提出迷惑，再感谢对方的一切回应。重点依然要放在你和他共同创造的美好时光上，要展现你的温柔和坚强，以及能把人生过得很好的能力——"我分手了，有点儿伤感，但也 OK，谢谢你正好在我身边，让一切变得更好了一些。"

五、你想真的忘掉他吗？

失恋期的我一般有两个状态：1.我要赶紧放下他，开始新生活。2.这段时间很难熬，但我不愿意忘记他。

如果你是第一种状态，我有个朋友提供了办法：

"在房间相对最远的两个角落，摆两个椅子，在房间中间也摆一个。中间的椅子上放一张白纸，把纸对折，一边写你的名字，一边写他的。

"你坐在房间一个角落的椅子上，假装他坐在对面，跟他说话，把你所有想说的话都说出来。

"你可以说几个小时，也可以说几天，直到你觉得说完了。

"然后把中间椅子上的纸烧了扔掉。"

朋友又加上了一句话："轻易不要做，因为用户评价是——非常有效。"

想想都虐。

这个做法的起效之处，应该在有形之物上寄托情感，以及亲眼见证有形之物的毁灭。

然而，即使是在结束了最令我羞耻和后悔的一段感情之后，在我赌咒发誓要狠狠扇他两个耳光的时刻，我也没试过。

《恋爱的犀牛》里有这么一段话："忘掉她，忘掉她就可以不必再忍受，忘掉她就可以不必再痛苦。忘掉她，忘掉你没有的东西，忘掉别人有的东西，忘掉你失去和以后不能得到的东西，忘掉仇恨，忘掉屈辱，忘掉爱情，像犀牛忘掉草原，像水鸟忘掉湖泊，像地狱里的人忘掉天堂，像截肢的人忘掉自己曾快步如飞……忘掉是一般人能做的唯一的事。但是我决定，不忘掉她！"

忘掉是一般人能做的唯一的事，你要忘掉他吗？

死于宠爱

在论坛上看到这个帖子：

"女朋友太黏人还可以改造吗？她从来不顾及我的感受，稍微不顺心就作。昨天吃完饭送她回家，她说我不想和她多相处，如果爱她就应该把所有时间用在陪她上，然后又哭又闹，我真的要烦死了，哄了好久才消停。她说如果我敢分手就闹到单位去让我好看，我明明为她做了很多事，专车接送，送饭送水，尽可能实现她所有的梦想，她只要有一点儿不如意就把所有的好一笔勾销，太令人寒心了。

"刚开始她也不这样，只是相处久了，变本加厉。别劝我分手，她其他方面还是不错的。我是她初恋，她什么第一次都给我了，天真单纯，对我一心一意，漂亮身材好，带出去有面子，她对爸妈朋友也很通情达理，是个好姑娘。我不想伤害她，就想改造她，让她懂事一点儿。"

感情问题我很少拆碎了谈，但这个问题蛮有代表性。我想讲的，不是简单的相处技巧，而是对"无条件宠溺""梦幻爱情"这类蜜糖毒药的警惕。

先说说男生的问题，但事实上这几段话对女孩子更重要：

1. 一边享受着对方的天真单纯一心一意，一边责怪她黏人不独立，却不知年轻如一张白纸者心性多半未成形，三观建立是个漫长的过程，吃了枣就得挨着打，好事儿不能让你全占了。

2. 以为满足她的一切梦想，充当她的保镖奶妈霸道总裁，就是对她好了，她就得感恩戴德，领你的情。错了，这根本不是好，不过是你在偷懒。

恋爱双方，从第一天起，必须负起让对方成长的责任。所有的关系走向都是双方共同推动的，三天两天还能磨合纠正，一年过去了你再问怎么改造对方，晚了。

没谈过恋爱的小女孩儿，对爱情的想象几乎都通过原生家庭和书籍影视建立。作为她的初恋，你本可以让她形成比较正常的恋爱观，但当她的行为第一次挑战到你的边界时，你觉得小姑娘就是要宠宠宠，第二次挑战，你认为哄两句能解决的问题没必要讲道理，第十次挑战，你终于感觉到不对劲了，她说你不把所有时间用在和她相处上就是不爱她，你已经要烦死了，却还是采用了哄的方法，然后上来问大家，她为什么永远不领你的情。

她有错，你也不无辜。

爱需要有力量，关系需要有原则，这种坚持的能量，才会在关键的时刻庇护双方。

如果你去溺爱的对象，是三观未定的小女孩儿，请你现在开始建立这个意识——你是在害她。说得严重点儿，你从内心深处，本来就没有把她当作一个平等的人去相处，这不是哄了，这是骗。

3. 为了获取更长久美好的关系，一些眼下的不愉快是无法避免的，很多人无法理解这个，总觉得，有磕碰，就不是健康的关系了，然而磕碰，实际上是在给对方寻找默契产生的可能性。

你说女孩子刚开始并不是这样，相处久了才变本加厉。我要讲一个大多数人发现不了的小秘密，很多女生在恋爱中小打小闹的"作"，是一种试探安全边界的行为。对于你对她看似不计成本的好，她其实是困惑的，她在潜意识里想通过挑战的方式，明白什么可以做，什么不可以，然而你步步自以为退让包容的不作为让她更加迷乱，以至歇斯底里。

现在想重新确立规则，太难了，因为"你以前也不是这个样子的"。

4.事情的走向，要么就是你可以"有金钱有精力有时间"让她予取予求，把她豢养成终日惶惶却俯首帖耳的宠物，要么必然是分手。

不要指望什么不伤害对方又能让对方领悟的方法，那依然是在偷懒。分手后她的报复，也是你应该为自己买的单。我不能说你不爱，我只能说你还不明白什么是爱。这是你必经的一课，这次之后，你会成长。

好，现在来说说女孩儿。

事实上，只要你认真读完了对男生的分析，我就已经不需要啰唆太多了。但还是要啰唆——

别担心，不会上来就骂你们，我自己也好不到哪里去。

我曾经非常非常羡慕被"无条件宠溺"的恋爱。受原生家庭的影响，我很难自然地与异性相处。成年后我总对身边的男生抱着些许轻蔑，认为他们全是小屁孩儿，自己都管理不好，拿什么去保护女人。

你看，即便再怎么张牙舞爪，在未被真实的亲密关系打得劈头盖脸之时，我内心还是摆脱不了要被"强者""照顾"的情结。

这是个早晚被开刀切除的瘤子，我还以为它是终将会实现的梦。

后来呢，谈了一段恋爱，对方在各个层面上都算是成熟的强者，在追求我时也做了很多动人的事情，我喜不自胜，想着，啊，所有的梦想都不会被辜负，会有盖世英雄来拯救我，内心压抑了二十几年的小公主终于可以自由地找父皇要糖吃了。

结果很不好，歌词唱的——"我只有不停地要，要到你想逃……眼泪在你的心里只是无理取闹。"

那时我无比失望和痛苦，整日控诉男人的欺骗。可我没想过，其实我自己也从未接近过真实。

真实的亲密关系是什么样呢？不是"男人爱你就会把你当作女儿一样宠"，也不是"如果你足够爱我你就不会离开我"，更不是"你负责赚钱养家我负责貌美如花"。且不说世界上有多少无爱的父女，血缘之牵绊无法选择，而再伟大的爱情也有利弊的权衡。人与人之间，说到底都是陌生人，一个人对另一个人释放出善意，他可能一部分是贪恋你的青春美丽，另一部分，也会想被回馈同样的温情。

这种对善意的感知和回报能力，会是在你失去年轻天真这种人人都有过的本钱之后，和对方走下去的最大资本，而从这时起，那个被称为"爱"的东西，才开始出现。

是的，刚开始我们都不是很爱对方的，那只是一种冲动。爱情不是检验出的，很大程度上是培养出的。我们要在反复的你来我往之中，才能发现对方是不是那个值得我们去做个好人的人。

女孩子不一定要做他的女儿，大多数时间里是他的哥们儿，偶尔还要做母亲，从中获得的成就感不比当小公主少。争执过后他来道歉，你不把凌驾于对方头顶当作荣耀，而是懂得给他一个面子，定好家法后及时笑眯眯地亲个嘴。在男人也会无力"赚钱养家"的那刻，你有底气和豪气搂一把他的肩膀说，这次换我来照顾你。甚至到了无法继续下去的地步时，不要去恨，分手这事，几乎是个必然事件，能相伴走一程路，也并非无恩无缘。

当你培养出了这种对善意的感知和回报能力，拥有了除去情情爱爱依然充实灿烂的个人生活，当然，如果你的伴侣也是能够尊重对方感受及时正面反馈的人，这个时候，成熟的二人关系才开始出现。

这是你们共同经营出的理想生活，不是温室里娇喘微微的梦幻童话。

你不会再去羡慕那种被"无条件宠溺"的恋爱了，因为那也太逊了。

我感谢后来遇到的人，他也成熟，也强大，也像霸道总裁，但他没有对我许下过任何缥缈的诺言，能及时对我的温柔报以温情，也能对我的越界给出提醒。在这段关系里，我能确切感受到我关于爱的能力一天天成长起来，我得到的财富，不只是谁谁谁一辈子不会离开谁。

强者的世界有多爽，小公主是感受不到的。

不加V老师在《不要在少女时老去》中说："在女人的一生中，有几件事是危险的，一是在她身心未成熟时给了她性，过早开发了她的欲望；二是在她经济未独立时给了她钱，让她爱上好逸恶劳的依附生活；三是在她生育之后停止了她的工作，让她失去社会地位和价值。男权社会里，常常把这些混淆或等同于给女人的爱，其实是为他们卑劣的控制洗白。"

这些，与"我会宠你一辈子""爱就是无时无刻不想和你在一起"一样，都是被蜜糖包裹着的毒药。

不要过早地吃下这些糖果。

如果你认为人生一开始就是美好的，甜的，你是天生的公主，那么你行走于真实世道，感受到的只能是苦涩和恐慌。

当你明白这世界并非鲜花盛开，路途漫长泥泞，甚至会结满寒冰，你不再会把被拯救的期望放在任何外人的身上，不会再掂量谁给的糖更多就跟谁终生捆绑，你会先成为一个勇士，然后寻找并肩作战的伙伴，那时候，价值、情义与幸福反而会更加容易降临。

当然，要做到这点，光靠读我的几篇鸡汤文章是无用的。我看过的道理也多，事儿来了还是挡不住。塑造真实的价值观，需要摧毁重建，在一些人身上放纵出内心的欲求，再在一些人身上找回那个不被虚妄束缚的自己。就像之前提到的，这个以梦想之名出现的瘤子，必定会被切除。那段让你痛苦万分的恋情，就是一场手术，有人术后谨遵医嘱好好生活，有人不长记性继续玩命。我只是希望我的这些话，能够成为那个所谓的"医嘱"，让你在康复的日子里，坚定一点儿，好得快一点儿。

欢迎来到真实世界。

如何走出感情阴影

收到一封私信，是个男孩子写的：

"请问如何走出前任留下的感情阴影？平时独自一人的时候，总觉得已经走出来了，可是只要有共同认识的人无意间提起她，我的内心就又会充斥着一股难以名状之感。是因为作业太少戏太多吗？"

感情阴影啊，我说说自己吧。

跟某任男友分手之后，我整整做了一年的噩梦。一年，至少一百次，剧情换汤不换药，都是被他抛弃，我跟在他后面追啊追，撕心裂肺地喊着话，然后眼睁睁看着他头也不回地去找新人。

那时候的我被折磨到了极点，精神和健康双重崩溃，夜晚不敢入睡，白天不愿走入人世，一听到他的名字就大颗大颗掉眼泪。

后来呢，我终于在某一天离开了原来生活的地方，删除了他的一切联系方式，断绝了所有与他有关的人际关系，试着重新开始人生。

又过了很长一段时间，磕磕绊绊地没那么顺利，我却终于也有了新的恋情，新的生活。我和现任非常相爱，相处和谐。我的工作也算是充实快乐，有事做，有钱赚，春风流年。

张小娴不是说过那句话吗："忘不掉旧爱，要么是时间不够长，要么是新欢不够好。"就像你，以为自己走不出感情阴影，是因为内心戏太丰富，作业不够多。

可我偶尔还是会做那个噩梦。

可能是看电视又碰到了被抛弃的桥段，可能是读书又见到了熟悉的句子，可能是认识的人偶尔提起他，我平静地看着听着，按时吃饭工作，和男朋友道晚安后睡去，还以为一切照常。

原来快乐与幸福都足够多的时候，阴影还是会在心里。

只是我不会再于醒来时大声痛哭，也不会再为了不做噩梦彻夜不眠，不会去他的社交网络盯梢偷窥，也不会再发那些自怨自怜的句子，我不会怀疑我对现任的感情，不会犯贱跑回去搞什么让前任后悔莫及的戏码。

做噩梦了，就坐起来看会儿书，困了再睡，要么发个信息给男朋友，说半夜醒来，我想你了。

你问我如何走出上一段感情带来的阴影，我能告诉你的大概只能是这样——

阴影不会消失，阴影可能一直都会在。

只是你要明白，所有的痛苦与对方已经不再有关。

那是你与自己的关系。

那些噩梦、心痛、阴影，都是怨气，是你与过往认知的撕扯，是你和美好幻想的决裂，是你被抛进真实人生的疼。

你不能接受骄傲被踩到脚底，真诚不值一提，付出尽成流水，心上人还在心上，身边人却转身离去。你突然不知道什么是真的什么是假的，说过的誓言是吗？此刻的冷漠是吗？那些亲密的瞬间，其实只有一个人在快乐吗？原来你是如此差劲，不值得被爱的吗？

没有人喜欢被离弃，也没有人能承认自己不被珍惜。

当别人提起前任而你莫名伤感时，不一定是你还多么爱他，而是那个曾被离弃的小人儿又在你内心醒来了。

你不是在走出感情阴影，你是不敢面对那个他。

我希望你能够温柔地与他对话，告诉他你懂得他的心碎，也并不以他为耻，你很感激他那时候的全情投入，也想带他去看看你现在还不错的人生。

另外，试着理解你的前任。我不要你去原谅，只是人难免脆弱，也许是在脆弱中选择了你，也许是在脆弱中选择了逃离。此刻承担这份伤痛的是你，可也许你也在脆弱时分使他人伤痛而不自知。如果你能够理解这份脆弱，会舒服一些。

写作业，找新欢，升职加薪，跋山涉水，都是逃避。

只有回到内心，才是面对。

最近一集的蜡笔小新剧场版《梦境世界大突击》里，一个叫作小崎的小朋友回到梦境世界里，和自己的噩梦作战。

小崎的妈妈忙于工作，很少与她沟通，在妈妈生病去世之后，觉得从未被爱过的小崎终日陷入梦魇。她爸爸采取的措施，是把小崎与噩梦强制隔离开来。可一切并没有用，小崎依然郁郁寡欢。

当她恐惧万分不愿面对时，噩梦是强大无比不可战胜的。

而当春日部护卫队的陪伴让她有勇气去面对被妈妈孤立的噩梦，野原美伢又以一敌百地告诉她"没有妈妈不爱孩子，只是沟通出现了问题"时，她终于理解了噩梦背后的真相。

噩梦最终慢慢变小睡去。妮妮问小崎，噩梦消失了吗，小崎说，它还在那里，不过没关系了。

我想说的也是这样。

成长总有痛楚相伴，微笑背后必有伤悲，世界上没有那么多浴火重生无坚不摧的伟人，你与我都是只能与恐惧和梦魇努力相处的平凡英雄。

阴影可能一辈子都在，唯一减轻痛苦的方式，是告诉自己，没关系的。

当你不再急着走出阴影，它就不再是耻辱，只是过去。

比出轨更可怕的事

写下这个标题，感觉自己好"大妈"呀。

大学时跟舍友们畅想未来，设想六个人结婚的顺序。晶晶第一，梅梅第二，开开和大哥是学术深造型，没个准儿，还有尚姐说要不婚不嫁。

"我呢我呢？"我躺在床上高抬起双腿。

"至于你嘛……也许明天就结婚，也许永远都不结婚！"

搞得跟《边城》的结尾一样。

"说真的，你想结婚吗？"

"说不好哎。万一老公出轨呢，那我不就白瞎了？我无法面对这个问题，等想好了再说吧。"

彼时刚满二十岁的我，只交过一个男朋友的我，几乎每天都在微博上回答"身体出轨和心灵出轨哪个更严重"的我，一脸肃穆。

天将降大任，我虽然身躺在大学六人宿舍的铁架子下铺，可心已经站在了婚姻与人生的大门之前。大门说，请听题，老公出轨怎么办？而我坚信，只要能给出一个正确答案，即可渡劫飞升立地成仙，走上情感博主人生赢家的巅峰。

然后我要讲一个小朋友的故事，她叫眉头。

初次听这名字的当下我也跟着皱了皱眉头，哪儿有人会用这个当花名，没头没脑的。她笑着在纸上把这两个字写出，说写得快一点儿呢，就好像是骨头，写得工整一点儿呢，就是眉头，有皮有骨，有刚有柔，有神态有人格，挺好的。

眉头不说话的时候也习惯蹙眉，眉间有需要使劲按压才平得下去的淡淡印痕，她说是那段故事的记忆。

那时她刚被分手，从男朋友的房子里大包小包地搬了出来，把东西安置在一个小破旅馆里，又突然得知自己并未通过公司的试用期。她来到这个陌生的大城市只有一百余天，没有朋友。从公司出来之后她不想回旅馆，在天慢慢暗下来的路边翻着微信通讯录，像在找寻一根救命稻草。

然后她看到一个人的名字，几年前在微博上热络地聊过天。他曾在眉头刚来北京时发的那条微博下留言：这么巧，我在北京待很久了，有时间吃个饭。眉头哈哈地回复一定一定，要了个微信号。然后双方识趣地没再说下去。

路灯次第亮起，她把消息发出："我终于有空了，能蹭个饭吗？"

很快收到了回复："地方你定，要我接你吗？"

我们叫那个男生狮子好了，据说他有一头蓬乱的毛，让人总想伸手过去揉一揉。

饭后眉头连连道谢，感激你听我抱怨这么多，我得回去想想明天找工作和找房子的事儿。狮子看了眼表，现在还有时间，我打电话问问几个靠谱的中介，如果他们手上正好有房，我们现在就去看。

这个早已对北京烂熟于心的男人开着车带她去找寻一个可能的新家。眉头说，那一刻灯火辉煌静默无言，他们坐在车里经过长安街，就像经过她的命运。

狮子是自由职业，不需要坐班，两天时间就带着眉头把房子定了下来。和房东签协议时，眉头突然有点儿事儿要处理，于是麻烦狮子先去看一下合同。等到她气喘吁吁满身汗水地出现在那个屋子里时，狮子笑着把她拉到身边，对房东和中介说："这是租客正主，我女朋友。"

这说法有两种解释：一个是告诉对面的人，这个小姑娘并不是孤零零地在大城市里，她有一个发型和体形都像狮子一样的保镖在；另一个呢，轻轻巧巧地，在外人面前宣布了好感，营造了暧昧。最高明之处是，怎么理解都可以，回旋余地极大，说出口的人是极易抽身，却令听者再难自拔。

眉头说，那时我觉得他的一切都跟我的前男友不一样。前男友，不肯去接坐最晚一班飞机回来的她，觉得起床下楼太麻烦。狮子，大清早就把车停在了她家楼下，要带她去新公司面试。前男友，从不肯离开地铁站方圆五百米以外的地方。而狮子，西方他哪个国家没去过！

我边笑边盯着眉头看。眉头低下头，说好啦好啦，我知道的，新人之所以看起来比旧人好，是因为，新人还不够旧。

找到工作后的某个周末清晨，眉头在新家被敲门声弄醒，也不算惊奇，她知道那人会是谁。一个崭新的大彩电迎面而来，狮子胖胖的身躯也慢慢挤进了门，眉头穿着睡衣倚在墙上看狮子把电视安好，一个家大概就是这样建造起来的吧。遥控器交到她手里，她没接，手抱上了狮子的肩头，嘴去够他的唇。

他们在一起了，有一切电影般的场景。白天他们不怎么出门，晚上在家里也不开灯，城市的光足够把小房间照亮，她站在落地窗前往外看去，狮子在背后低声道，怎么会有人不珍惜你呢。

听到这里的我又微笑了一下。眉头捕捉到了，她说你并不是觉得浪漫，对不对。我说抱歉。眉头笑笑，没关系。

"你当然懂这都是套路，那时的我，没有爱情，没有工作，没有朋友，没有钱，跟前男友的性生活都不和谐，狮子的出现让我感觉一切都回来了。上天拿走之前那些，原来是为了给我一个更好的，一个满足我所有想象的综合体，一个终点。我拉着他像拉着救命稻草一样，那段时间我一直问他，你爱我吗，你为什么爱我，你会爱我多久。他开始很乐意与我配合，说的话好动人，后来我发现他冷淡了一些。我想可能是我问得太多了，可是，没办法啊，我必须一遍一遍地确认，如果不能用言语就要用行动，用无处不在的眼神和消息。如果他今天没有比昨天更爱我，我就会觉得，不好了，一切都是假的，上天又要把这一切拿回去了。"

人在极度痛苦之时，记忆会模糊的，是吗？眉头已经记不清是怎么发现狮子又有另外一个女孩子的了，也许是狮子遇到眉头之前，也许是之后，也许是太多次刻意出门接的电话，也许是她看见了他总没来得及删除的聊天窗口。确定的是，她想办法找到了那个姑娘的微博，看到了狮子的小号和她的互动。女孩子发了一条无主情话，狮子在下面留言"我来做你的备胎吧"，加了个爱心表情。

狮子百般否定和那个姑娘的事情，然后说不如我们分开，你现在的精神状态太不稳定，我怕再和我纠缠下去你会出事。

眉头边掉眼泪边摇着头。我哪里不稳定了，我很好啊很好啊，我根本不会逼你给我什么承诺啊，我只是想好好享受和你在一起的每一刻，难道这都会给你压力吗，你别不要我。

狮子丢下一句"抱歉，我们不是一个世界的人"，旋即仓皇而逃。

眉头描述道，那像极了梁朝伟在《色戒》里听到汤唯说"快跑"时的样子。

她又一次被扔进深渊。她曾经在这个大城市里找不到自己的居身之处，此刻她知道家在什么地方，却不敢回去。门牌号恰巧是她的生日，从楼下的肯德基店里他提回来一桶又一桶豪华套餐，屋子里所有的角落都有他的气味，大厦里每一部电梯监控里都有他们亲吻的画面，这个城市到处都是影子。

她再次辞职，把门锁上，买了一张去上海朋友家的机票。屋子放在那里，没有租出去，她已经等不到它再被租出去。

感谢上海的那个朋友，接受了浑身散发着"地狱般悲伤气场"的她。感谢南方的温润浓绿，让她慢慢忘掉北京的沙尘和浮燥。一个月后，自认为已修炼满血的眉头，回到北京机场见到的第一个熟人，不对，第一对熟人，便是在出站口等出租车的狮子和他的新女友——他们大概是刚刚旅游回来，一身热带装扮。小姑娘雪肤棕发，比微博上的照片更可爱。

眉头说，她居然理解了那些痛苦时自残的人。彼时她一股心气上来只欲作呕，用刚拿的打火机死命抵住手掌心，不够疼，于是翻出包里的钥匙，把尖端攥在手里。一下一下，终于能疼到把心痛压住了。她转身走到一堵墙后蹲下，用力深呼吸。

二十分钟后，眉头带着发麻的腿慢慢站起来，没敢去打车，往地铁站一歪一歪地走过去。

失恋的痛苦你我都有过，很难说谁比谁更深刻更真实，可重要的是，它带给了我们什么。

事情过去几年了，狮子和新女友结婚了，眉头也离开了北京，有了新男友，不爱狮子了，连他的脸都快忘了。只是，有了阴影，很难克服。

我写过《如何走出感情阴影》，就在这本书里，你们可以找来看。眉头也一样，会做噩梦，会偶尔不信任爱人，会害怕去北京，甚至去北方。但是她说，这几年她明白了一些事情，愿意讲给我们听：把出轨看得太严重，把"背叛"看作天要塌下来的事情，是因为我们太弱了，只能依靠一个人的虚幻情爱去生活，无法靠自己的力量用双脚站在大地上。

眉头说，她和狮子所谓的"爱情"，尚未来得及建立在相互了解之上，只是一个落水者把过路人随手的好心当作了天赐的恩情。可救命稻草也只是一根轻飘飘的稻草而已。

她把梦想里的爱人捧上了他不应在的高位。那个位子虚幻、缥缈，必须用蜜糖般的情话、旦旦的誓言和漫无边际的幻想来建筑，高耸入云却摇摇欲坠。不管出轨是否罪大恶极，他被不属于自己的恭维和期盼裹挟着，在某一刻动了逃跑的心，不是没有道理。而她也不是被那个男人抛弃，或者是输给了那个女孩，只是被自己患得患失的心打败。

如果再来一次，在眉头满载风发意气之时，再遇见他，她会更自信无畏地去爱他。

可如果小眉头从未无家可归过，她还会爱上他吗？

眉头是我的朋友，眉头也是我，眉头是很多很多人。

这个故事里有很多很多的故事，这个故事没有如果，只有结果。结果就是我们必定要走这一段路，很痛苦，总算不再怨，有所得。

我没看过《绝望主妇》，只是看过截图的某段剧情——

女主之一利奈特和她丈夫的情人诺拉在超市狭路相逢，此时超市的老板娘卡罗琳也正因为丈夫出轨而痛苦万分。卡罗琳劫持了所有顾客想要报复社会，在得知诺拉也是小三后开枪射杀了她。利奈特站起身来对凶手大吼："谁在乎（出轨的事）？谁在意（小三不小三）？我们都有痛苦，这里的每一个人都有痛苦，但是我们会解决它。我们独自消化创伤，然后面对生活，而我们绝对不会到处射杀陌生人。"

我本来是想说，应该如何克服对出轨的恐惧，我想了很多句子，比如"没有人能保证人心永远不变"，比如"我们应该相信爱情但不迷信爱情"，比如"不要因为可能食物中毒就把自己饿死"，但我最后还是决定讲这一个故事。

它跟结婚无关，跟爱人甚至都无关，它只关乎自己。

比出轨更可怕的事是什么，大概是把出轨看成最可怕的事吧。

二十五岁之后就不要

异地恋了

我很尊重的瓦西里老师对着我恶狠狠地说过一句话：所有的异地恋全是扯淡！

我点头哈腰，嬉皮笑脸，说是是是，可我就喜欢扯淡，多好玩啊。

至今为止谈过的正经恋爱，全有异地恋成分在，要么就是上来就飞星传恨牛郎织女，要么是谈着谈着就被棒打鸳鸯天各一方。爽吗？不爽，但是没办法，我条件有限，忠肝义胆，外加一点儿懒，能在一块儿就在一块儿吧，喜欢上什么人毕竟太难。

第一段异地恋在大二。说来惭愧，这是网恋，是我的初恋，亦是对方的初恋。话说到这里大家应该明白了，为什么异地，因为大家的眼界都比较窄。

我们管这位男朋友叫男一号。

经过在网上长达两年的熟络和试探，男一号表白，我装模作样地讲，先见个面吧，感觉好我再答应你。后来发现，对我们这种没见过世面的少男少女来说，根本没有"感觉"这种东西在，决定见面就是决定搞事情。

于是我们或者是半推半就，或者是一拍即合，在火车站的出站口，立刻开始了这段感情。

那些见不着面的抓耳挠腮和作天作地啊，都不细表了。我也有在网络上叉腰大骂异地恋的动感时刻，但你们大概也会明白，半夜流眼泪有多少是因为刻骨铭心的爱呢，大多数是年轻气盛睡不着，作业不多比较闲。

俩学生，没钱，时间也不能随心所欲。我们用 IC 卡打电话，半年见一次面，收拾行囊人模狗样，旅旅游，走一走比较大的城市。我们去了西安，去了武汉，去了成都，从两百块的火车站快捷酒店住到五十块的城中村招待所。我在小食品街大吃大喝，在名胜古迹蹦蹦跳跳，把相机往男一号手里塞过去，每秒钟出产八张游客照。

但后来我发现他不是喜欢旅游的人，或者说，他正处于的生命阶段让他无法把需要自负开支的旅游作为享受。他只是在力所能及地取悦我，以在见不到面的时间里尽力节衣缩食的方式。

我有外快可以赚，男一号的经济压力更大点儿，经常有卧铺不买，而是选择买二十几个小时的绿皮火车站票来见我。在扑面而来的汗臭和头油里，我从心疼到自责再到深深难堪。

我想要你也快乐，而不是一味迁就我。当然我也不会因此改变自己喜欢的生活方式，只为了让你感到舒心。

后来我和男一号在某次关于出行方式（开支）选择的争吵中说了分开。

我不想把原因归结于"穷人就别谈恋爱了"，只是忍不住想，如果是朴实到能在地上砸出坑的校园恋爱，吃吃食堂上上自习，骑着自行车逛公园，偶尔一人出三十块钱下个馆子，不用搞这种见一次面就砸破一个储蓄罐的跨越大半个中国来爱你，我和他会不会走得更长一点儿？我会不会更自然地迎接他的目光，而不是不敢交流在需要支出时的眼神。

是异地激化了我们之间的矛盾吗？未来的生活被预支，激情还没来得及变成感情和恩情，就被撕裂了。

第二段异地恋在快毕业时，说来惭愧，还是网恋。

吸取了上次教训的我，痛定思痛找了个社会人儿。虽然他在深圳，我在济南，后来又去了北京，但毕竟他有工作，我有外快，后来我也有了工作，见面起码不会太心疼机票酒店钱了。

男二号的确不负所望，表现得相当自信快乐，和我的远距离相处十分融洽。我曾断定我们是最适合在一起的一对，有恰到好处的思念，有各自的交际圈和灿烂生活。我是个美丽的情感博主，他是个高大的嘻哈青年，我们都明白喜欢对方的是哪一点，而不仅仅是无心睡眠打发长夜。

也开始赤手空拳地计划未来：男二号说现在的工作不是长远之计，准备以后出来干点儿生意，比如可以和我一起开个淘宝内衣店，他好脾气做打包发货和客服售后，我好文采负责在各大社交网络上书写两性宣传文。遭到了我的正义拒绝之后，他又策划着开个五金店，据说他老家十里八乡的亲人可以提供一下帮衬。

他有个在计生委工作的朋友，听说我们恋爱，大喜过望，跑到邮局寄了整整一箱政府分发的套子给他——大概两百盒，差不多两千个。男二号说，假如一天用两个，从不休息，也得用到二〇一五年，更何况，我们是异地恋……

真是天长地久有时尽，此套绵绵无绝期。

总之，我俩小儿小女，兴致勃勃，推搡打闹，情意绵绵。

但风流总被雨打风吹去啊。某天我跟男二号说，有个深圳的公司招我去，恭喜我们终于可以结束没着没落的异地生活，他在电话的那头愣了愣没说话。我问：你觉得呢，他说觉得有点儿压力，两人在一起生活可能会有点儿困难。

"你不要有压力啊。我没有要你养，我自己租房，你可以每周末来看我，我们一起做个饭洗个碗看看电视。我不是为了非要嫁给你才去的，只是想离开北京，正好又有这么个机会。以后不会结婚也没关系，就当我们是在一起营造同城恋爱的回忆啊。"

我叽里咕噜说了很多理由，努力给自己这颗慢慢熄火下去的小心脏拉着风箱。

这里插播一个好朋友的故事。

他和女友在高中时恋爱，上大学后两人去了不同的城市，但一有假期就争分夺秒地待在一起。他们是所有人眼里的模范情侣，共同准备高考，准备期末考，准备假期交流，准备托福雅思，准备出国读研，最终在一个城市共同工作，准备过日子了，然后，分手了。

朋友告诉我，异地的时候两个人有种革命战友的情谊，共同计划未来，要证明给嗑瓜子剔牙的外界看，证明给对方身旁的莺莺燕燕看，证明给漫天遍地"我跟你说异地恋就是不行"的人人网热文看。两人拼命美化对方的行为，高唱《爱的供养》，疯狂给对方打气，携手奋勇向前。

当终于在一起了，那股支撑着他们打怪兽的劲儿突然泄了。原来骑士不是骑士，是穿着背心疯狂抖腿的贫嘴张大民，公主也不是公主，是早晨抢厕所时奋力砸门的王雪琴。

从鸡毛蒜皮到鸡飞狗跳，最终，鸡飞蛋打。

故事插播完了。其实所有的插播都有用意，我们的故事，也差不多。去深圳半年后，我跟男二号分手。两千个套子？过期了。

痛定思痛，我总结了一下，如何避免异地恋呢：

1. 绝对不能再网恋了。

2. 真的不能再网恋了。

把经验背了又背，意气风发的我在某个聚会上遇到了男三号。说时迟那时快，电光石火，一见钟情！而且是双双一见钟情！

陷入爱河了那么一会儿，男三号跟我讲，他在别的城市工作，来深圳是出个小长差，而且马上就要回去了。

我一定是遭受了什么诅咒。

但中华恋爱小巾帼可不是浪得虚名。在确认了这不仅是艳遇一场之后，我拍胸表示，兄弟你去，有空常来，待感情巩固巩固，我们再共商大计。

后来我辞职了，我们聊起我要不要直接去他的城市，说是既然我能在家工作了，似乎去哪儿都是一样。

虽然我们感情很好，但我就是直挺挺的，不想以爱情的名义，把深圳的东西都抛下，提着一只猫和一个箱子去"投奔"他。在一切尚未成定数之时，我倒宁愿和他各以自己的城市为小小王国，把自己当作国王，定时与对方友好邦交，互惠互利，你带我领略北国风光，我陪你去看南海姑娘。

于是我们依然保持着异地的关系，每一到两周，访问一次邻国国土。

如果有能力把握好感情和生活的平衡，异地恋未必就等同于活受罪。

第一，金钱是革命的本钱，时间是革命的另一本钱。我俩收入都比较稳，负担得起见面的花销，同时不会被坐班拘束，基本上能想见就见，一月见他个二三四面，比常规的异地恋要亲密一些。至于身体这个本钱，我们一个年轻气盛，一个年富力强，也都扛得住。

第二，年纪大了，不再像小时候那么精虫上脑了。我俩都有自己的事儿要研究，有孤独的时刻，但总算不空虚，也不会把闲下来的时间精力用于搭理别的异性上。爱情很重要，但不能把有个对象在旁边伺候吃喝拉撒当作爱情成功的主要标志，人这一辈子还是得跟自己死磕。

对，有钱，有闲，有事儿干，还有始终如一的信任和不把对方当成天王老爷的爱。

有时候距离让你们看不到对方的好，有时候距离让你们把对方想得未免太好，也有时候距离会让你们更清楚地看见彼此。

　　截止到写下这行字，我和男三号还在继续异地恋。希望不要再有男四号了，晚安。

当你遇到那个吃相万分性感的人，当你和谁在一张桌上

吃了好多好多饭，依然那么通体舒泰，那么，就多给他

一点儿机会吧，比如，共度更长的夜晚，更长的人生。

Chapter IV

饮食男，女人之大欲

男~~朋友大盘~~鸡

好的,这道菜为什么要叫男朋友大盘鸡?因为这是我男朋友做给我的。

某个十一月的某一天,男朋友在微信上发来消息:家里有面粉跟擀面杖吗?

我:你要打我吗?

男朋友:明天是你生日,早晨我做手擀面给你吃。

嘿嘿。

那么为什么这篇文章不叫男朋友的手擀面呢?因为我要秀两次恩爱呀。

好啦,其实是早晨做的手擀面太多了,两个人没吃完,那么多出来的面怎么办呢,男朋友把菜刀砍进砧板:"中午给你做大盘鸡,面铺底下!"

太帅了,买菜去。

鸡,不建议买少了,两个人吃,半只起。我们饭量大,第一次做只买了半只,不够塞牙的。第二次做怒提整只,一雪前耻,滚瓜溜圆。鸡买好了,让师傅处理一下,剁大块。

青椒、洋葱、土豆。香菜、大葱、大蒜、姜片。花椒、八角、干辣椒。干辣椒选那种长得发黄的最够味儿,没有的话用家里做菜的小干红辣椒也可以,如果怕不够辣,买点儿朝天椒。

酱油,一罐啤酒。

你家最大的盆。

备菜!

鸡泡一下去血水，不用焯，泡好后用厨房纸巾擦干。青椒撕成片。土豆去皮切滚刀块，男朋友在这里用刀削面的方式往备菜盆里削土豆，据说味道更棒，和他一样的江湖中人可以试试。至于洋葱，闭着眼睛去阳台上随便切切即可，不用太精细，反正炒到最后都是要消失的。葱切段，姜切片，大蒜剥一头起，越多越好，蒜瓣即可。

你们发现没，自从跟着我学炒菜，这剥蒜的小手就从没停下来。

我边剥蒜边问男朋友：你会做大盘鸡吗？

男朋友抱着胳膊站在灶台前说：十年前做过一次。

我停下了剥蒜的手问：那你要不要看看菜谱？

男朋友变抱胸为叉腰说：不用，开锅放油的那一刻，该怎么做心里就有数了。

啊，好有道理，开锅！

事先声明一下，这是原版复制当天对象炒菜的步骤，一定有人会说这不是"正宗"的大盘鸡，是土豆鸡块，是黄焖鸡，是原味吮指鸡，可是你没看到我的标题吗，这是男朋友大盘鸡，"男朋友大盘"就是它的做法。给我坐好！

热锅，多放点儿油，中火，油热后，倒鸡块，欻啦！

铲子翻一翻，倒姜，倒一半葱和蒜，翻一翻，倒花椒八角以及撕碎的干辣椒，里面的辣椒种子也倒进去，翻一翻。

我问男朋友：我平时做菜都是先爆香料再放肉的，你这是什么神奇的做法呀？

男朋友边翻边说：如果想让香料味儿通过热油进入肉，就先炒香料，如果对肉的嫩度要求高，就先炒肉。

我说：那大盘鸡就是对嫩度要求高的肉了？

男朋友边翻边说：我只是忘记先放香料了。

总之，翻到鸡和香料其乐融融黄澄澄的时候，沿着锅边倒酱油，倒到鸡变成好看的酱红色即可。

再翻一翻，整罐啤酒倒进去。啤酒一定是常温，千万不要是从冰箱里刚拿出来的，太凉会把鸡肉收紧，吃起来发硬。暂时不要盖盖子，啤酒和鸡一起翻滚，咕嘟咕嘟，把酒气蒸出去，剩下的是美好的麦香气。

啤酒开锅后，土豆洋葱扔进去，剩下一半蒜瓣也扔进去，当作土豆一样煮。

小厨房，小案台，小火烧着，小汤咕嘟着，我弯腰探头看着锅里，他高高大大地挥着铲子，玻璃门起了层雾气，抽油烟机在疯狂地跑步，这正是冬天。

我说：把锅盖盖上吧，焖一会儿收汁。

男朋友严肃地说：不可以，焖是懦夫的行为，是偷懒的做法，我们坚守正道的厨子，一定要继续这样翻炒，让汤汁和每一块鸡肉充分搅动，战斗到最后一口。

虽然他胡说八道，把土豆用铲子碾得目不忍睹，但出于伟大的爱情，我还是听信了他的鬼话。

翻了大概三分钟，汤汁收了一半，放青椒和另一半葱。这个时候女朋友出场，来重温一下上午剩下的宽面。

面已经坨了，没关系，面锅煮开水，把面倒进去，轻轻用筷子搅一下，面条会自动分开。温好的面条我们把它倒到盆底。没有面条的话，买菜时可以捎点儿宽面条煮煮。至于如何擀面，等我学会了下本书再讲吧……

战斗得差不多了，汤收到了三分之一，尝一口够不够味儿，味儿不够加点儿盐，味儿过了……味儿不可能过了。

关火，狞笑着把香菜撕成小段扔进锅里。为什么狞笑，因为我和男朋友都太喜欢香菜了，每次吃香菜都有一种报复社会的快感！

倒到面上，端到桌上，一口啤酒，两口鸡肉，一筷子面，拜个早年！

在我的要求下，那天晚饭他又做了一次大盘鸡。我们手拉着手挺进了菜市场，卖鸡摊的阿姨惊恐地看着我们这对吃鸡"伉俪"。

"拿最大的，上午那只太小了！"

如果有男人挡在你面前对摊主说出这句话，你就嫁了吧。

那么经过这两轮烹饪，我总结一下男朋友大盘鸡的几个要点。

1. 所有的材料，切大块，按照你的想象力去切，别羞涩，千万不要给男朋友丢脸，最后煮出一个大盘宫保鸡丁或者麻婆大盘鸡。

2. 至于油锅里先爆香料还是先放鸡，两种方法我都试过，感觉没区别，但毕竟是男朋友大盘鸡，那么还是按照他的法子来，先放鸡。

3. 土豆，这里是直接下锅，又在锅里翻滚时间较长，最后有点儿不成形。如果想吃大块的成形土豆，事先可以把它们略炸一下。

4. 面越宽越厚越好，没有面也别纠结。我们是在吃饭，又不是吃高考答案。

5. 汤要浓，要够，多比少了好。

6. 如果有男朋友，让他做给你。我对象都会做了，不信你对象读完了能不会。

7. 如果没有男朋友，学会这道菜可以助力恋爱运程。常常有些小姑娘，为了搞对象去学烘焙学甜点，本末倒置！烘焙啊甜点啊都是有益于身心的特长课程，但是如果你立志要通过做饭搞到对象，记住，我们只有一门专业课：做！大！块！的！肉！

下课！

没有西红柿炒鸡蛋
解决不了的事情

如果你要征服一个对象，给他做西红柿炒鸡蛋。如果你要征服一个老外，给他做西红柿炒鸡蛋。如果你要征服一个儿童，给他做西红柿炒鸡蛋。如果你要征服一个婆婆，给她做西红柿炒鸡蛋。

　　世界上没有一道西红柿炒鸡蛋解决不了的事情。

　　如果有，换个炒法。

　　本文分两块，先上我自己的西红柿炒鸡蛋菜谱，再说说我们年轻人与西红柿炒鸡蛋的那点儿事儿。

一、菜谱

　　本菜谱适应人群：爱吃打卤面的，喜欢酸咸口的，不介意西红柿炒鸡蛋变成西红柿鸡蛋酱的。如果你是这类人，请谨慎尝试本做法，因为做过之后，你这辈子，会不再想学习其他任何菜式。

　　没有学无止境，这就是止境本境。

1. 准备西红柿炒鸡蛋

　　俩西红柿，仨鸡蛋，葱花一撮（青白相间的那段），蒜瓣一堆（不要切，要拍扁），酱油，盐。

　　把糖罐子给我收起来。

2. 炒鸡蛋

鸡蛋打到碗里，一半葱花扔鸡蛋里面，倒一勺水进去，把它们打蒙。开锅热油，蛋葱糊倒进去，等它们膨胀了，铲子搅搅，慵懒出锅。

3. 炒西红柿

西红柿切块儿，开锅热油，西红柿块儿倒进去，铲子翻搅碾压炒西红柿，直到出汤出沙。大头一来了，倒一点儿酱油进去，这是让西红柿炒鸡蛋保持酸咸度的点。然后你会得到一锅西红柿酱＋西红柿块儿的混合物。

4. 炒西红柿炒鸡蛋

把之前的蛋葱膨化物扔进西红柿酱块儿混合物中，不用搅，不然鸡蛋会迅速变成深酱色，不太好看。再倒一小碗热水进锅。

大头二来了，蒜瓣丢进锅里，小小火，盖上锅盖，开始咕嘟。过一会儿，这盘卤子会散发非常浓郁纯正由内而外的蒜香。

对，就是那种台湾炸鸡排的蒜香，胡椒牛肉粒的蒜香，韩式烤肉的蒜香，就是那种菜名里没有蒜但你提起就会想到一股蒜香的蒜香。

5. 收割西红柿炒鸡蛋

咕嘟片刻，什么叫片刻，大概就是你唱完一首歌的主歌时间，揭锅盖。

汤咕嘟得差不多了，磅礴香气与蓬勃色彩冲出，撒入剩下的一半葱花，请一边唱副歌一边搅匀锅内食物。

一丢丢盐，出锅。

好了，最下饭的西红柿炒鸡蛋出来了，咸咸酸，娇颤颤，浓郁如同夕阳红，温馨又从容。

这个做法不太适合单吃，一定要配白白的碳水化合物，要么浇饭，要么拌面，我还推荐你多熬点儿汤汁，蘸馒头吃，哎呀。

史书记载：朋友到我家住了三天，抱着锅吃了八顿西红柿炒鸡蛋。

史书没有夸张。

另外，这个菜谱还有许多变体。

想吃大盘鸡口味西红柿炒鸡蛋，可以在第三步把青椒块儿一起扔进锅。想感受南洋风情，出锅前泼点儿胡椒面。思念烧烤，撒点儿孜然也行。懒得再做荤菜，放几片五花肉，会有神奇的大学食堂的味道。

总之就是口味多元，变化多端，遥远的东方有一条龙，一样西红柿炒鸡蛋养百样人。

二、讲述老百姓自己和西红柿炒鸡蛋的故事

大多数人学会的第一道菜都是西红柿炒鸡蛋。每个第一次做西红柿炒鸡蛋的人都认为自己是个厨艺天才。

我刚毕业租房子时，不会做菜，每天点外卖。好朋友修女跟我说，别这么折腾自个儿，我教你做西红柿炒鸡蛋吧，特容易，一个菜一盆饭你能吃一个月不烦。

我说我懒。

于是她给我写了一篇傻瓜菜谱。由于版权问题，我这里就不放了，有兴趣的朋友可以去搜索关键词"少林修女 西红柿炒鸡蛋"，你会发现一篇能让三岁儿童迅速养活一个家的好菜谱。

我口味重，第一次做西红柿炒鸡蛋就放了酱油，成了一锅浓郁绚丽的卤子。

在独自居住的每个周末，一觉睡到大中午，穿着大T恤去厨房翻冰箱，下一锅面，再炒一锅西红柿鸡蛋卤，浇上去，在破破烂烂的出租单间里，电脑打开看集综艺，周末就快快乐乐地过去了。

后来我在北京工作了。公司有个同事叫小M。

小M说垫垫你现在一个人住平时怎么吃饭啊，我说我都自己做呀，我会做西红柿炒鸡蛋，小M说我教你个西红柿炒鸡蛋秘籍就是放一点儿蒜瓣焖一焖，你试试，一般人我不告诉他，我说好呀好呀。

于是那个周末的西红柿炒鸡蛋里多出了几瓣蒜，锅里飘出神奇的香味，我成了一个妙手回春的巴拉巴拉小蒜仙。

再后来我去了深圳，和修女一起工作。

她来我家玩，说点外卖吧，我说点什么外卖，我给你做西红柿炒鸡蛋，感谢你的入门之恩，我反哺你。

我端出了一盆加酱油加蒜瓣的西红柿炒鸡蛋，盆里面放了个大勺子，她挖了一勺盖到饭上，吃了一口，吃了两口，吃了一盆。

史书记载，到我家住了三天吃了八顿西红柿炒鸡蛋的，就是这位朋友。

后来再后来，我换了几份工作和几个房子，会做的东西越来越多，每周都叫朋友来家里吃饭，看起来是照顾漂泊的朋友，实际上是缓解自己的孤单。

招待普通朋友时做的是餐馆里数得上名字的菜，蒜泥白肉、糖醋排骨、干锅土豆片、番茄牛腩汤，按照专业菜谱兢兢业业做，无数工序调料，做得靠谱，放着我来，举杯共饮，宾主尽欢。

招待最亲的人时做的都是自己捯饬的菜，一个孜然鸡脆骨、一个西红柿炒鸡蛋、一个炝生菜，再做一锅大米饭，几年来慢慢把口味调成了自己的谱，闭着眼睛刷着微博就能做完。吃我的饭，做我的人，爱吃不吃，不准剩饭，吃完自己去把碗刷了。

西红柿炒鸡蛋，嘿，西红柿炒鸡蛋。自己做饭的时候我用两三个鸡蛋，做给好朋友的时候我放四五个。

炒得喷香蓬松的鸡蛋盛在碗里，像大桶爆米花，鼓鼓囊囊的，很快乐的样子。

有个朋友每次来我家吃饭都提着一盒新鲜的好鸡蛋。"把半盒蛋给我炒了！"她甩掉鞋子趴到沙发上对厨房里的我大喊。

我边把鸡蛋往碗里磕，边想起以前调侃着说：等老子有钱了，买鸡蛋灌饼放八个鸡蛋。

嗯，我们离开了家，离开了给你做西红柿炒鸡蛋的爸妈，离开了学校，离开了只有大锅猛油独特气息的食堂。我们在外面租了个小屋子，幸运的人终于有了个自己的小灶台。

我们学会的第一道菜就是西红柿炒鸡蛋，几乎一做就会，每个人都觉得自己简直是做饭的天才。后来又有很多人教我们不同的做法，你慢慢弄出了自己专属的味道，你给同一个人做了一万次西红柿炒鸡蛋，你和那个人命运交缠。

再后来我们开始懒得顿顿做饭，也没能学会做什么高端的菜。上班每天中午吃的都是外卖地沟油辣椒泡饭，聚会下个馆子，光忙着社交和拍照，真的吃了什么，是什么味道，却记不太起来。

但我们总还能找出一个晚上，给自己做一盘量足味儿香能拌完一整锅大米饭的西红柿炒鸡蛋。西红柿要红，葱花要绿，再豪奢地多加两个黄澄澄的大鸡蛋，配上白白的米饭面条大馒头，大口大口吃，福气满满的感觉就能从心底溢出来。

这是出门在外的踏实，你能自给自足的幸福感。

好好吃饭啊，年轻人。

什么比分手更疼？

是拔牙

医生指着片子对我说："这两颗智齿，找个时间来拔了吧。"

一颗在左上方，脚和兄弟们站在一起，头朝腮帮子生长，另一颗在右下方，头顶着其余牙齿横向生长。

我："现在不拔会怎样？"

医生："智齿这个东西，就是个安全隐患，不拔一辈子惦记，拔了终生无忧。正好你这不是准备矫正牙齿嘛，矫正的时候长出来就比较麻烦。你现在把牙拔了，恢复完了再戴牙套就可以无缝对接，关于外貌变化的心理波动会小一点儿。"

我顺势往操作台上倒去说："那现在拔吧，来吧。"

医生说："不行，现在是下午四点半，你的午饭已经消化得差不多了。准备加拔牙得一个多小时，拔牙后两个小时不能进食，让你晚上八点再吃饭，你受得了吗？"

我闭紧嘴巴猛摇头。

医生冷笑说："你受得了我也受不了，拔牙耗力气，我也得先垫垫肚子。你走吧，明儿午饭吃顿好的，吃饱了，吃完了来。"

第二天中午，阳光明媚，蓝天碧海。

给自己做了一个土豆牛肉、一个白切鸡腿、一个西红柿鸡蛋汤，就着一瓶滋咕滋咕冒气儿的可乐干掉了。扶着肚子坐在去医院的车上，我感觉过会儿拔牙的时候，可能会吐出来。

医生问："牙需要拔两次，你今天想拔哪个？"

我说："哪个比较难，术后反应更惨烈一点儿？"

医生："那是下面这颗阻生智齿，得分块儿切碎了拿出来，这个搅动的肉就比较多，时间长，而且肯定会肿，你要跟老板请假啊到时候，肿起来很好笑的。"

我："那今儿来简单的，下次再拔难的，我到时候叫男朋友来陪。"

医生点点头："是应该陪一陪，毕竟还是有风险的。你看这牙啊，它还离你的神经很近，有一定的概率会伤到神经，造成肌肉麻木。哦，麻木啊，就是说神经坏掉了，这个圈圈（嘴角下巴）的肉会失去知觉，做表情可以，只是不会有感觉了，有人会恢复一部分，有人呢就不一定了。你问我概率啊，概率就是这事儿在我手底下至今还没出现过，但没准你就是了，嘿嘿。"

我也不清楚，拔个牙而已，为什么要承担变成面瘫的风险？

算了，来都来了。

我又往操作台上一躺说："来吧，先拔上面的。"

护士们笑得莺歌燕舞说："你这程序不对啊，怎么都不跟医生撒撒娇，让他下手轻一点儿？"

我得意扬扬说："撒娇没用啊，医生啊身经百战，心中手下都肯定有数，不会诬陷一个好人，也不会放过一个坏人，对吧医生？"

医生又冷笑一声。我现在再撒娇好像来不及了。

麻药打完，一块消毒布盖到身上，挖了个小洞露出我的下半张脸。护士拿酒精棉球在露出的皮肤上涂抹消毒，带去了我的口红和半张脸的粉。我有点儿尴尬，揣摩着护士看到色彩斑斓的棉球时露出的表情，庆幸消毒布遮住了眼睛。

钳子扯着牙齿，牙齿牵着牙龈，牙龈带着骨头。我像一个贝壳，麻木地张着口，医生护士千锤百炼磨刀霍霍，取出埋于血肉之中的那颗小珍珠。被抱着头颅拉来扒去，贝壳绝望地吐了一缸泡泡。护士感冒了，边用管子给我吸血吸唾沫边不停地吸着鼻子，被蓝色消毒布盖住动弹不得的我，感觉有些英勇就义。

啪嗒一声，牙齿扔到盘子里的声音，如同开了瓶酒，诊室里升腾起小小的欢悦气氛。护士拍拍我说拔好了哦，医生开始缝针。往伤口塞了一个棉球，往脸上敷了一个冰袋，我感觉嘴里出现了一个幽深的洞，他们带走了我的珍珠。

半个小时后，医生检查止血状况。"很好，血不流了，回家好好养着。幸亏你不胖，胖子拔牙很麻烦的。"

沉浸在那句"你不胖"的声音里，我飘逸地一个大跳出了院门。

一点儿都不疼哎，果然是年轻人，身体好，恢复快，不怕苦。不瞒您说，我啊，爸妈是医生，从小在药水针管手术刀里长大，见惯血泪，受尽刀枪。此外，我饱读诗书，行遍东南亚，脾气温和，易于相处，承得住多大赞美，就受得了多大诋毁。另外，我还是一个爱美的女人，常年与"大姨妈"、激光脱毛和医学美容搏斗，耐得高温，抗得击打，顶得住一切物理攻击。最重要的是，我丰沛的恋爱故事给我提供了大量的心碎体验，拔牙再疼，能有分手疼吗!

两个小时后，我躺在家里的地板上疼得流眼泪。

可能没有最惨的那次分手疼吧，但比第二惨的那次分手要疼十倍。

真是奇妙的体验，跟刀子割肉走路撞头的疼痛完全不同。像是最激烈的痛经发生在伤口处，像是用最寒冷的冰在嘴里开了一枪，像一条黑色的蛇游了进来，表面上平静无波，实际跳动着搅动着，从脖子到太阳穴，都陷入了巨大的阴沉的黑洞。有一种疼叫作会呼吸的疼，这种疼是你窒息了它还在疼，不是琐碎之疼，而是噩梦之疼。

更难过的大概是无人陪伴，我不敢把它矫情地称为孤独，如果有个人正好在身边，我想以撒娇代替掉眼泪。

与食物搏斗是转移注意力的最好方法。

晚饭是肉末蒸蛋。我又高估了自己，原来医生建议喝粥并不是"多喝热水"似的套话。脸部已经开始肿胀，嘴巴张开一条缝都困难。我用勺子碾碎了蒸蛋，沿着嘴角慢慢灌进去，不饱；又拿出冰箱里的雪糕，放在杯子里融化了再小心塞入口，还是不饱；叫了外卖白粥和肠粉，用矿泉水冲凉，抱着碗沿喝下去。终于，不空虚寂寞冷也不痛苦委屈饿了。

八百种粥，五百种汤，三百种的肠粉软烂颤，一百种糖水微微凉，啊，广东，拔牙康复的天堂。谁说拔牙会减肥呢，机会永远只会属于那些能管住嘴的。给我个吸管，我大概会把地球当椰子喝了。

饿解决了，还有肿。

之前以为拔上牙并不会肿，但我忘记了我从小就是要么不生病要生病就一定要创造奇迹病例的这么一个好胜人格。睡前的脸还只是个烧卖形状，一觉之后变成了变形金刚，腮帮子和脸呈平行四边形，正方形，梯形，我眼睁睁看着肿块大起来大起来，牵引到嘴角鼻翼眼睛都变了造型。

以为肿起来的脸用口罩或头发遮挡就OK了吗？不是的，肿胀不是平行移动，而是全方位立体地饱满，也就是说，你能物理遮挡的只是侧面的突起，但是你脸蛋子往前面凭空多长出来的两斤肉，挡不住，没法解释，让人忍俊不禁。

肿到一定程度之后，脸上还会出现一种返老还童的神迹。太阳穴、泪沟、法令纹、嘴角纹等所有需要注射玻尿酸肉毒素的凹陷被肿胀撑满，整个脸膨润饱满，皮肤光亮紧致，甚至毛孔隐形，还有一丝美白效果。这一刻，我回到三岁，喝奶度日，以辅食为生。

但是，即使皮肤再紧致，也绝对不能忘乎所以地抚摸自己的脸，摸一下，疼一颤。

对，疼痛依然没有结束。不过是拔了一颗牙，为什么半拉身体的神经都开始次第疼痛，太阳穴冷不丁跳一下，耳朵眼冷不丁跳一下，牙龈冷不丁跳一下，扁桃体冷不丁跳一下，简直是错落有致又不成体统。

我还感受到了发热，拿体温计出来测了，没发烧。我很不甘心，气得连测了五遍，终于烧上了三十七度三。我满意了，怀揣着大满贯的心情，裹着被子香甜地躺了下去。

虱子多了不痒，要的就是这种天妒红颜的感觉。

第四天肿胀开始消退，第五天能张开四分之三个嘴，一周过后所有不适全部消除。下一颗牙的死期终于要到了，这颗长在下颌靠着神经的难度非常大不但会更肿更疼而且很有可能会导致我面瘫的阻生智齿。

深圳大雨数日，男朋友的航班被取消四次又顽强改签四次，虽然没能陪我当场血刃智齿，也终于在我动身去医院那一刻起飞。

我敷着冰袋走出医院时，看见身形如大熊的他，扛着一棵树朝我走来。

走近一瞧，他肩上的是九枝完整的百合，一米多长，含苞带叶，花笑春风。

有谁会送九枝百合给女朋友？我是烈士吗？

为了避免过会儿脸部肿胀无法进食的情况，回家路上我们就叫了个火锅外卖，到家后立刻开火。

他涮好肉后放进小碟子吹凉，我囫囵吞枣赶紧咽下去。八份肉很快干掉了六份，我依然血盆大口，来者不拒，牙齿锋利，削铁如泥。

男朋友谨慎地看了我一眼：你还没开始疼吗？

意想不到的状况出现了。虽然医生千叮咛万嘱咐说拔下牙必须充分休养，男朋友专门请了三天假来照顾我，我也做好了卧床不起无法自理的准备，擦眼泪和口水的纸巾都批发好了，然而我这次术后反应居然非常平缓，嗓子不疼脸不肿，声如洪钟貌美如花，文能收拾屋子武能吃烤鸭。

搞得现在雨一直下，我俩气氛有点儿尴尬。

好在第二天，脸部终于有点儿小小的胀起了，男朋友看着我气鼓鼓的脸说：嗯，我很满意。

那天夜里，我醒来三次，都是因为他把手掌小心地摊开，偷偷摸我那拔牙肿起来的半边脸。

怎么这样。

我都不好意思生气了。

把灵魂穿在身上

朋友金吉吉的公众号简介是：走马观花买梦想。

看到这七个字，先想起的是一排排旋转木马般的衣帽架。

若我未来某天购置了大房子，衣帽间要分为四个部分，春夏秋冬。

春天是白色黑色灰色衬衫配绿色蓝色紫色阔腿裤，夏天有无数条真丝或缎面的连衣裙，秋天那一列是长长短短的丝巾搭在能飘起来的风衣上，冬天的衣杆要格外坚固一些，它要挂上几十件暗红色与金棕色的羊绒大衣，可以光着身子当作睡衣穿的羊绒大衣。

最好不要柜门，所有的衣物一目了然，这样就不会总在收拾衣柜时才发现，原来不是自己总缺一件裙子或衬衫搭配，只是它被新来的棉麻绸缎们重重叠叠地压在了最下面。

从辞职之后，大多数衣服连出门见人的机会都少。只在被售货员包好递给我和从快递袋里取出展平的那刻，它们神采飞扬，身价达到最高值。而剩下的日子里，它们被挂在衣架上，掰着手指无声无息地计算，被带回的天数，离换季的倒数，什么时候会再被穿起。

衣服有灵魂吗？

从未想过这个问题，直到某次去泰国旅游，满箱满柜翻轻薄俏丽的小衣服，看见一件紫色的绣有仙鹤的长裙。

这种为特定观光而买的，漂亮而没什么质量的裙子，花期很短的。如果一两次穿不上，马上就会被新的花哨衣服取代。

我不是没尝试过。它与我去过八月的日本，想看看花火大会，后来我在东京街头遭遇了失恋，失去了一切心思去打扮。它又跟我到过十月的杭州，希望在枫叶下留一张照片，又是阴雨数日，我在酒店裹着浴袍郁郁地望向窗外。它从衣柜辗转到行李箱，又回到衣柜，飞行了几千里，却没见过外面的天气。

而那个十二月的夜晚，我打包了绣花亚麻白衬衫，红色围裹吊带，印着热带雨林大绿叶的小短裙，蓝色缎子阔腿裤，擦擦汗去喝水。两分钟过去，我又走到衣柜边，把那件紫色长裙拿了出来，放到了行李箱里。

你一定很想出来看看吧，我不会丢下你的。

三天旅途匆匆而去，我终于见缝插针争分夺秒地，在最后一晚的朋友聚会换上它。

灯光很暗，我有点儿疲惫地趴在角落里。对面的女孩儿看了我一会儿，说，你的裙子好美。

我大受鼓舞，从桌面上挺起身来，给她看在暗淡光线下无法展现完全的绣花设计。"而且，而且你看哦，这个宽宽的吊带垂下来一块儿在胸前，正好可以挡住激凸，我连胸贴都不用戴呢。"

女孩儿笑着点点头，又侧过身去加入了整桌的谈话。

我悄悄摸着裙子，开心吗，下次再带你出来玩啊。

衣服是有灵魂的。它是梦想，是你想告诉别人，平凡外貌下，你内心里想活成的那个样子。它也是记忆，你身着它，被他人记住了某个轮廓和颜色，它也记住了你不一定最耀眼，却是最迷人，最生机勃勃的时刻。

初中时和妈妈逛商场，看上一件棉袄，大大的帽子上一圈儿更大的毛。十几年前这种偶像剧似的款式还少，我戳在镜子前被新形象惊到不敢转身。

妈妈问，多少钱？三百九十九。初中生穿这么贵的衣服啊，你想要吗。嗯，有点儿太贵了，没啥必要。没事，你想要妈妈就给你买。不要了不要了，我们再转转。

又绕过几个柜台，试穿了一个两件套，白色长袖 T 恤加一个棕色小马甲，比大棉袄精神得多，价格呢，三分之一。我大展拳脚喜气洋洋的，穿着就要走。妈妈又拉着我说，不然我再回去把那件棉袄买上。我说不了不了，到冬天再给我买更好看的吧。

这件事被妈妈记了很久，直到我毕业后她还经常让我去多买几件贵的衣服穿。她小时候没有条件，一直很羡慕别的女孩子能穿新衣服，不愿意我再于穿衣之事上受到任何委屈。对上一辈人来说，置办新衣是件大事。在贫瘠年代里，人们对"美"有令人动容的纯净追求。

而对十三四岁的我，穿衣之事是青春懵懂时分对自己的探索。穿着那个两件套走进教室，抬头看见喜欢的男生，他笑笑说，穿新衣服了啊。

大学时尝到了自由支配金钱的欢喜。在其他舍友还在往储物柜的一格放叠好的衬衣时，我已为自己装了一个简易衣柜。衣架折了又换，衣柜塌了再安。尤其热衷穿红色，夸张到手机背包笔记本无一不红。虽然皮肤黑，人又胖胖的，就是有这股张牙舞爪的自信，能撑得起来。

一件红风衣，从大一穿到大四，在雪地里拉着最好的朋友拍过照，在某位老师的最后一节课上跟他合过影，在去台湾做交换生的新年晚会上满头大汗，在学院辩论队带着叽叽喳喳的小朋友。

在他们上场比赛时，我穿着一身红站在教室后面。那场比赛艰难地赢了下来，我眼泪流出，上台拥抱他们。

毕业后一年，回校给他们新一轮的比赛加油。他们说，琦姐记得穿红衣服来啊，你是我们的幸运神。

工作后穿红色的心情不再那么强烈，大概是少了在人群中刻意被记住的欲望。那几年过得有点儿浑浑噩噩，也不快乐，身边的人来来去去，手上的工作是什么我并不清楚，穿了很多稀奇古怪的衣服，很难再有恋恋不忘的那件。

当时暗恋着的人某天扯了下我的袖子说："你的衣服都是在哪里买的呀？这么奇怪。穿得朴实一点儿不好吗？"

我看着他想，哦，原来我们没办法，不行的。

再后来，在某个活动现场，几百个人中，我看见一个人。

活动结束后我失魂落魄地离去，灰姑娘与王子甚至没来得及共舞。穿着又笨又丑的鞋子我走在路上，微信收到一条好友申请。原来他也看见了我。

某天他拍了傍晚六点左右的天空给我看，他说天空很蓝，犹如你的蓝。

"我的蓝？"

"你那天的衣服是蓝色的。我没看清你的脸，就记得一团蓝色的火焰。"

灰姑娘的裙子是什么颜色的？我想起来了。蓝色的。

故事就是故事，算不上童话。没有王子也没有白马，但我遇见过这样一个人。

至于现在，我又开始喜欢绿。红色暖，蓝色寒，绿幽幽的袍子披在身上看不出太多寓意。当然白衬衣不能少，气色差不化妆时全靠它。灰色我穿得少，大地色是风衣，每个女人都应该有一条的小黑裙我没有，重要场合我还是穿上那件蓝色的裙子——我购入了三件同款，以免日后再难寻觅。

张爱玲说："再没有心肝的女人，说起她去年夏天那件织绵缎夹袍的时候，也是一往情深的。"那件织锦缎夹袍，曾经被什么人热切或暧昧地注视过呢？衣服是女人的语言，她说出了口，他听懂了否？

你可能买过一万件袍子，但女人走的路，好像用几件衣服也就能说得清。

好好对待你的衣服，只此一生，相依为命。

礼物无能症

我非常喜欢礼物。

记忆里收到的第一份礼物，是幼儿园男同桌塞过来的美少女战士换装手册，谁拥有了这些琳琅满目的小纸壳子，谁就可以成为整个幼儿园女童共度过家家时光的最佳伴侣。第一天，他微微一笑，塞到我手里一本。我的表情大概像烟花绽开。过了两天，他在放学前用神秘的手指提示我注意桌洞。打开，又是一本。我带着一脸再次绽开的烟花目送他被爸爸接走的帅气背影，心里冒出一句话：这就是谈恋爱吧。

小朋友的喜欢能用什么来表达呢，玩细沙时专门分给你一捧，午睡后发的苹果在桌子下塞到你手心，从家里偷了包点心，在你到教室之前放进你乱糟糟的桌洞里。金银珠宝和玻璃弹珠究竟哪个更重，不过"都给你"而已。

小朋友，是最会谈恋爱的人。

第一次从男朋友那里收礼物，是我们确定关系后的第一个情人节。

那是个罕见的暖春，他穿着羽绒服在南方二十多摄氏度的大街上边奔跑着选礼物边给我打电话直播，我在北方二十多摄氏度的暖气房里也薄薄地出了层汗，当听到话筒里他雀跃的声音时。

他忐忑且欢喜地描述着那块手表的样子："粉红色、长方形，有条纹的手表，你应该会喜欢。还有另外一个小东西，我想你用得上，也放进了包裹里，你到时候看看。"

我要对他道歉，拆开包裹那一刻我未被打动：手表不是我喜欢的样式，附加的小礼物是个汉堡包形状的盒子。他说你能用这个去食堂打饭啊，然而呢，那个盒子小得连二两米饭都放不下。想到他比我小了一倍的饭量，以及对清淡素菜的偏好，我气得一翻白眼，把"汉堡包"扔到了书架上。

我要对他道歉，几个月后的七夕，我发了一条微博，号召各阶级各民族各省市的姐妹起来声讨男朋友那些不会送礼物的臭毛病。评论涨得很快，女孩子们嘻嘻哈哈你推我搡，小嘴叽叽说个不停。我扬扬得意地晃着腿，一丝"报复"的快感滑过去。虽然没有在微博中具体写出，但那些对"直男无审美"的吐槽俏皮话，我都在暗暗地，以那个小小的"汉堡包"作为靶子。乒，一声枪响，"汉堡包"从书架上跌下来，连翻几个跟头。

我要对他道歉，我心里暗暗不喜欢"汉堡包"和手表，会不爽和他在一起"降低了生活质量"（多么可笑的理由），但相处两年多他又从我这里得到过什么呢？那年我赌咒要在他生日时送他一封情书，时间到了，我却两手空空。我给出的理由是，存在草稿箱里，系统给弄丢了。他过了很久才回复："你只是没写而已。"我嘴硬了几句，佯装因不被信任而生了气。我还以为我的理由天衣无缝，我的理由怎么可能天衣无缝，那比小学生告诉老师自己的家庭作业被外星人偷走了还低劣。

我想要的是什么呢？不是粉红色的手表，那么黑金相间的手表可以吗？不是汉堡包状的小盒子，那么四四方方放珠宝的小盒子可以吗？徘徊过多少橱窗，流浪过几张双人床，为着某种排解和某种掩盖，我又写了很多篇礼物指南文章，从送男到送女，从虚荣心到实用性，从品牌到价格，详细地分为一二三四点。

我扯了块儿布披上普度众生，大袍子下依然冷汗涔涔。

终有一段感情会教你做人，我终于展开了一段可以被称之为"报应"的感情。

那时走到任何地方，都心心念念着给他带点儿东西。某次在香港看到一个棕色皮子的护照夹，带一两个小隔层可以插登机牌和小文件，还有一根细巧的笔芯方便填卡什么的。幻想着他以后每次在安检口唰一下子翻开护照夹的神气，我欢天喜地付了款。

见面了，一阵嘿嘿嘿的寒暄过后，我把包装好的盒子放到桌上，示意他拆开，然后满脸通红地一头冲进洗手间。

出来时，他正皱着非常好看非常浓黑的眉毛，把护照夹翻来翻去。"这是什么？钱包吗？"

"不不不，这是护照夹。"

"护照夹是什么玩意儿？"

心凉了半截，哆哆嗦嗦地，把它拿过来演示。"你平时总出国嘛，然后护照可以这样放进去，这边的小隔层放小文件，这根笔可以填入境卡啊，而且这个夹子能保护你的护照。"

"护照有什么需要保护的？摔到地上又不会裂开。小文件我直接夹在护照页里就好了，柜台上到处都是笔，空姐也会借给我。护照那么薄，加上这么厚的一个套子，有什么意义？"

我该怎么办，道声抱歉，把东西拿回来，再借着出门买东西时扔到小区垃圾箱吗？

他最终看出了我的无措，也注意到了自己的失礼，说着好啦好啦我会用的，把东西放进了背包里。

我当时在想什么呢，一边谢天谢地诚惶诚恐看他终于收下，一边又暗暗祈祷他不要勉强用不喜欢的东西，一边埋怨自己的小聪明，一边怨恨他的"真性情"。一万句心思之后是一片空白。清醒那刻，我只想穿越回那个拿到粉红色手表和汉堡包状盒子的下午，对彼时的男孩子说一句，对不起。

是我习惯了趾高气扬地被爱着而已，是我从未那么忐忑而欢喜地取悦过别人而已。

那些天花乱坠的送礼指南又有什么意义？如果"送不对东西一定是送礼者的错"，如果收礼者没有一颗能够感受到温情的心，如果因为一方趾高气扬地指指点点，另一方从勉强应对到无力招架，索性最后放弃了这只会给自己带来羞辱的以物传情。

曾经写过一个观点，和恋人要发生争执时，想想这个情况如果发生在最好的同性朋友身上，自己能否心平气和。

有一个见面很少的朋友，每次来找我都雷打不动地提着一兜子烤肠与两罐雀巢香滑咖啡，附近没有卖的，就跑到临街去搜寻。那是七年前刚和她认识时的我最爱的饮食搭配。

如今我人老嘴巴淡，觉得烤肠太咸而咖啡太甜，然而是她带来的，吃多少都不够，因为她总是记得。

还有一个相识多年的闺密，我们在生活中的每个阶段，都不断地互赠礼物，虽然有时令人满头问号，也总是充满着爱意与惦念。

从认识时的剪刀橡皮笔记本，我奇怪便携碎纸机这种东西到底有什么必要，她受不了我用手撕开快递袋的行为；到分隔两地时的家居摆设，她用不了我给的直男风方正音箱，我面对着她送来的宫廷风抱枕目瞪口呆；陷入低谷时我给她买书她给我寄酒，虽然边看书边泪流满面的只有我，喝一口酒就如堕云中的是她；后来她生了娃娃我养了猫，生日礼物变成了纸尿裤与猫罐头。

一直一直，没有变过的礼物，是在人生路上相互扶持。

我们从来不会觉得，因为你是我的闺密，所以你必须知道送我什么礼物才对，因为你是我的闺密，所以我可以揪住你没送对礼物这事儿大发脾气到处吐槽。如果这些奇奇怪怪的礼物我们都能哈哈笑着收下来，那么来自恋人的呢？

人有时只是缺一点点，在异性和同性面前都一样的，设身处地，将心比心。

"我想要的是一车苹果，你却给我拉来一车梨子。"

年少时我也用这句流行话来嘲笑那些"不得体的好意"，如今才发现，也许你想要的是苹果却没有告诉他，也许一车梨子就是他能找到的最好的东西，也许他只是看到你口渴想要帮助你，只要他没硬要求你收下梨子以身相许，这份好意，至少应该配得上一句"谢谢你"。

再后来，某个朋友在饭桌上吐槽她的恋人："第一个纪念日，猜他送了我什么，三角铁！因为我们是通过音乐爱好认识的，另外三角形代表他想跟我生孩子组建一个三人家庭，情人节他不送花，给了我一把烤面筋，搞得跟一捧花似的，说实在！我又不爱吃烤面筋，最后全让他吃了。后来我努力调教，他好不容易开始学习送我女孩子需要的东西了，但是呢，简直没法看，买了个包，好几年前的款，根本背不出去。我是不是该死心？"

在饭桌上的有我，还有我当时的男友。他喝了一口酒，然后说："你满不满意是一回事，但我要讲，这个男生真的很喜欢你啊。"

朋友还想说什么但没说出口。我扭头看着我男友，突然想要买个东西，塞到他手里。啊，是一本美少女战士换装手册，然后还要告诉他，我幼儿园时的恋爱故事。

我终于治好了我的礼物无能症。

饮食男,

女人之大欲

孔子说："饮食男女，人之大欲存焉。"

苏青把逗号往前提了一格："饮食男，女人之大欲存焉。"——女人所欲，无非三样：吃、喝和男人。

啊，我也欲我也欲。最最欲的是，吃喝着的男人。

我曾写过这样一句话："说得来，吃得来，搞得来，才是完美的一对。"

一个是精神交流，一个是粥米恩义，一个是肉体欢愉，面面俱到。非要只留下一点？从吃，能看到灵魂是否合拍，能看到性格能否处得来，还能一窥对方在亲密时刻的品格。就留它。

我食量大，不挑嘴，二十岁时一口气吃下两个全家桶。那时肯德基的分量比现在实在得多，一个桶里是实打实的半个养鸡场。我傲立紫禁之巅于网络发帖感叹现在的男人没有一个能打，某位网友接了英雄帖，翩然北上而来。

第一顿晚饭，我们点了六个硬菜。山东的饭店，量都大，从甜到辣，从羊腿子到猪肘子，从粗粮筐到疙瘩汤。他一米八六，不疾不徐，谈笑风生，吃空六个盆。

月色正好，他送我回宿舍再回酒店。

熄灯前发短信问他："干吗呢？"收到回复："你们学校北门夜市不错，我再吃个把子肉。"

我心花怒放钻进被子，他又发来一张照片，是个煎饼卷一切。"把子肉有点儿咸，这个煎饼我特意没放酱。"

我说："喝点儿水不就是了？"又收到回复："喝水总起夜，不如再吃点儿清淡的，中和一下。"

第二天见面，我下宿舍楼，看见他高高大大，在树荫下捧着两个全家桶。"说吧，去哪儿吃？"

吃完全家桶，他变成了我的男朋友。

饭品见人品，他是个纯天然的大太阳。最爱读书，从修仙玄幻到孔孟老庄，不肯在豆瓣给任何一本书打分四星以下。二爱吃饭，食量巨大，喜笑颜开，随遇而安。

打电话给他，他说正在吃晚饭，我说饭重要还是我重要呢，他说要分情况啦，今晚这家饭店的调料给得不够足，那明显还是你比较重要。

问他最喜欢自己的部位是什么，他说是胃，因为够大，可以装很多食物。然后又反问我，你也最爱我能吃，对不对？

聊了几句挂电话，最后的嘱咐是你再多吃点儿。

约会做什么都不用计划，反正是吃。

晌午小市场里坐下，点上两碗最大的牛杂，等待时他又跑出去在周围转圈，捧回冻得冰冰的玻璃瓶汽水。起身坐十站地铁到繁华商业区，坐在斑马线旁边的饮品店点两杯冰柠茶看美女。然后去港式茶餐厅吃便宜的下午茶套餐，我还以为是小蛋糕，没想到是火腿煎蛋公仔面配白切鸡盖饭。肚子圆圆了他打电话找朋友一起来，正巧旁边有个火锅店，有最地道的手打牛肉丸。晚上手拉手回家，楼下有个夜宵摊，又是一碗炒河粉，加了两个烤鸡腿，他独自包办，嘱都不打半个。

懒得出去吃时，备好一碟萝卜干和一碟橄榄菜，蒸上一锅饭，他大呼万岁，干干净净吃完。

我们都不爱西餐，不好甜点，不能吃辣，最爱的是什么，猪肝、大肠、牛杂、香菜、葱姜蒜。唯有一点分歧，来自广东的他坚持鸡蛋只能用酱油炒，我带着两根笔直的山东大葱逼他投降。

和他相处的日子真是愉快，不问后来，不提前缘，从未吵架，永不抱怨，两个肉滚滚的人手拉手醒来，第一句话定是"好饿啊，快起床去吃"。

约会为什么要一起吃饭？问出这话的小朋友，你可能还不懂同桌吃一顿饭的妙处。

一桌饭折射出的不仅是口味，那用钱、时间、阅历都跨越不了的，是发自天然的性情相投。

有的人擅长点菜安排，有的人坚决不允许饭桌上出现不喜欢的菜，有的人最爱说随便却又指指点点，有人到哪里都要吃西红柿炒鸡蛋，有人最爱刁难服务员，有人总去上厕所，有人永远不买单。面对食物，人很难有戒备心，放松下来再吹吹牛，八八卦。有杯盘做掩饰，你们眼神交会，若无其事，电光石火，低头猛吃。

在一顿顿饭中，慢慢引领一个人前进，也是种乐趣。

和某个有型有款的商务精英男约会，带他去的是深圳知名的牛肉火锅店。人声鼎沸，地面湿滑，电风扇嗡嗡作响，桌与桌紧密无间，服务员端着叠在一起的八个盘子上来，大拇指正好放在某片肉上面。

我等锅开后，漏勺涮八秒钟牛展肉，递向他。他夹起嫩红得似乎未熟的肉片，略蘸沙茶酱，审慎地尝了一口，露出不可言说的表情。

宾主尽欢，两个人干掉九盘肉和一盘菜。

出门时他问："牛肉火锅都是这种环境的吗？"我知道他在想什么，笑着说不是。他又说："东西是真好吃，但下顿可否换个干净点儿的？"

第二顿的牛肉火锅店，开在高端商务写字楼里。几米高的落地玻璃，一尘不染的桌面，矿泉水装在水晶玻璃杯里，服务员轻声细语，简直有日式风范。

我又涮了一片牛展肉给他，他咀嚼后面带犹豫，换了一片吊龙，眉头深皱。牛筋丸不弹，胸口油不脆，沙茶酱不香。整顿饭下来，他愁眉苦脸。

我不敢说好吃的餐厅全是苍蝇馆子，起码在牛肉火锅上面，环境和口味真不成正比。

"明天我们还是回原来那家吃吧。"他终于出口，如释重负。我对着他笑。

第三顿，两个人回到第一家，豪气冲天，扫掉十盘肉。

我以退为进，这次交手他心服口服。喝掉五瓶青岛原浆，出门时酒香四溢响亮一吻。从此一切吃喝由我安排，他换上背心裤衩，拍着肚皮，步伐缓慢，自得其乐。

最后说说绕不开的，饭品见床品。

有这么个说法，你要看一个男人的掌控力，就要坐一回他开的车，我说的是真正的车。

如果他游刃有余，谈笑间不失专注，让你在副驾驶飘飘然之余被安全感充盈，说明他有很强的驾驭力。驾驭一辆跑车，驾驭一个场面，我不说驾驭一个女人，但他至少能在一段关系里，感受你的步伐，跟上你，引领你。

老司机，不是白说的。饭桌上，也一样。

看他的吃相，剥壳时是不是利落干净，咀嚼时有没有令人尴尬的声音，骨头残渣有没有散落一桌，是不是一手拿筷子一手举手机，饮酒时脖子与手指的曲线，切牛排时用刀的角度和狠劲儿。

还有，不管有多饥肠辘辘，坐在桌前时，看起来还是气定神闲，不会露出猴急的神色——食物前管不住自己的人，怎么把控得了其他场面时的表现。

我这样描写似乎有些造作，然而——

然而，当你遇到那个吃相万分性感的人，当你和谁在一张桌上吃了好多好多饭，依然那么通体舒泰，那么，就多给他一点儿机会吧，比如，共度更长的夜晚，更长的人生。

十七八岁的时候，连人生的边都没摸到，却都故作沧桑地说自己老，现在都过了二十五岁，发现命运庞大，不可捉摸，没人再敢说自己拥有了什么，却更能以一无所有的心情去拥抱人生。

Chapter V

玫瑰色的女人

给查理的信

查理：

我最爱的小宝贝，小女孩儿，世界上最美的姑娘。

你做手术前对我说，以后出书必须给你一个角色。我说你的故事还长呢，你好好活下去，我不着急写。那时最大的困扰似乎只是生理上的疾病，后来才知道那只是个引子。人生波涛万里，故事回转延绵，我们还都不到三十岁，已经发现能用语言描述的痛苦和病症，不过是生命的沧海一粟罢了。

我发愁了很久该怎么写你。把你称呼为"我的一个朋友 ×"，用三百字的篇幅，放进某篇爱情哲理鸡汤文做例子，还是管你叫我的朋友查女士，为你写下整篇所谓爱与寻找的故事，然后编个特别扯淡的结局？我大概不能这样做，我无法做那个旁观者，以貌似客观却充满 judge（评判）的笔触。

还是想给你写封信，以对你说话的形式，以在你生命里的方式。

我们见面前就通过邮件哦，那时我在给你的广告公司写文案，你是线上与我对接的小AE（客户主管）。后来我的第一份工作居然也在这家公司。第一次碰面，你转过身来疯狂挥舞手臂，夸张地说"气垫你好！！！"，然后叽里咕噜说了一串自我介绍，紧接着转椅转回电脑前，继续飞快打字工作。我想，妈呀，有这个麻辣小美女在，我还怎么在职场出头！

我没想过会和你成为朋友，更没想过你会是我第一个全心全意的同性好友。但我们突然就在一起了，也没有什么谁先对谁好的过程，真是山一程水一程，优秀的人总会相逢。

你戴着大檐帽来上班，配上卫衣牛仔裤和芭蕾鞋，皮肤是牛奶嘴唇是樱桃，头发和眼睛都弯弯亮亮的，晶莹夺目，我有点儿不敢看你。你小天使般满场飞舞，把手举过头顶比爱心，不遗余力地夸奖全世界，从包里掏出一堆糖果和保健品放在大家的桌子上，然后转身狂打电脑，把活儿干得漂漂亮亮。可你又不是那种滴水不漏的优雅风格，休息时你跷着二郎腿大聊特聊，给我们看牛仔裤大腿根处被肥肉摩擦出的破洞，跟客户甜甜地打完电话，放下手机就开始"哎呀妈呀"。身为一个所谓的"白富美"，你却有种不管怎样老娘都能活下去的劲儿，月薪五百还是五万都有自己的日子过，大棉袄人字拖不洗头上街丝毫不减沧海本色。

为什么你那么美丽，那么得体而真实，得到了所有的羡慕与称赞，我却从未嫉妒过你呢？什么职场什么出头，我每天来到公司，只是为了和你一起商量点什么外卖吃。

广告公司里人人都用英文名，我没有，并且誓死不想取。你拍着桌子说："你名字里有 li，就叫 Lily 了！百合花，在你冷艳黝黑的外表之下，我一眼看穿这颗高贵洁白的心！"我依然坚持十分不商务地在每封邮件后署名"气垫"，可后来离开北京，每次在需要用到英文名的时候，我都这么叫自己，Lily。

你也不叫查理的，你的英文名字是 Charlene（查伦），我一看就皱眉头，这是要难死谁，命令你改名为 Charlie，查理。你又姓辛，非常好，查理辛，我的风流不羁浪荡子，疯狂抖腿的东北公主。

四年之后我们又提起这件互相取名的事，你说名字是起的，也是自己挣出来的。"Lily"轻快简易，聪明不刻薄，刚毕业时的我还有点儿想要展现自己多面性的努力，如今终于有了独立成熟的个人形象，配得上这个名字。而"Charlie"呢，听起来就心胸开阔又友善赤诚，是真乐天，不是小确幸，非常贴合你的人。

我们都把对方给的名字带在身边。

我们第一次在冬至吃了饺子，羊肉茴香馅儿的，在富力城地下美食城和人热气腾腾地拼桌。你说一起吃饺子是一起过节的交情，是吃好饭、过生活、向前看的大人友爱。我们在春节假期里打同一款游戏，《仙剑奇侠传五外传》，我在我家日照提前查好了所有的攻略，你在你家沈阳用苹果系统颤巍巍跑着剧情。我要在公司大会上做内容分享了，可是我不会搞PPT，也拒绝学习，你也是个半吊子，却能加班帮我弄。晚上十点的公司里，我在旁边跟异地恋的男朋友语音聊天，你做PPT累了就跑过来对着话筒大声唱歌，稀奇古怪的旋律和词，都是你自己乱编的，我男朋友在那边乐呵呵的，用同样没头没脑的调子跟你对歌，你居然也听得懂。这两个小人儿啊，都是爱着我的，日子闪亮，夜空璀璨，我无比幸福，无比幸运。

又吃又笑又唱歌，加完班已经是深夜，你男朋友来接你，骑着滑板车。你们在夜半无人的大街上朗诵诗歌，鞠了个躬双双跳舞给我看。你男朋友说，气垫这个女孩子啊，一看就是好人，因为什么呢，因为女人的内外反差很大。

你好爱他啊，热切蓬勃，迸发出所有的生命力，但你们两个暴脾气又经常吵架。有一晚你打电话给我，说和他分手了，要到我家里住，半个小时后，我在天安门广场见到了满脸通红抽抽搭搭的你。为让你畅快点儿，我又命令我男朋友在语音里和你对歌，在人民英雄纪念碑前，你把调子吼得鬼哭狼嚎气壮山河，在出租车上你把你对象骂得天仙下凡脸蛋开花，在我家你穿上了我那条开衩到肚脐眼的黄金帝王真丝睡衣，躺在那张软绵绵的床上，我说："分得很好！现在睡觉！"黑暗中你蜷手蜷脚缩进被子里，我听到了你轻轻哭的声音。

哎呀，当然没有真的分开啦，我们这些喊打喊杀却又岁月静好的年轻人。

再然后，某天我把你拉进一个小会议室，说深圳有个公司找我去，想跟你聊聊这个渺茫的可能性，你紧张地问着我新去处的工资待遇，要帮我查新老板靠不靠谱，要分析下新行业的发展前景。你拿着笔在本子上一点一点的，眉头皱了又皱，我当然知道你只是不想我离去。

可人一旦动了走的心思就留不住了。两周后，我最后一次在这个公司下班。我把东西清理了送给所有的同事，你坐在工位上一动不动，收到我的东西时也没怎么看我。我回到座位上看到你发来的信息：

"快走吧，gogogo（走走走），大浑蛋，别过来跟我说话。眼泪都要出来了。我就当这是你一次普通的下班。"

我走后你也辞了职，去了某家时尚杂志。在北京共处的半年时光，是最无忧无虑的日子。我们终于开始历练人生。

你还是给个屁就能玩半天，走着路就能笑出声儿的开心样子，在鸡毛蒜皮的生活里炒出一盘蒜头烧鸡。你和男朋友住在一个奇怪的筒子楼里，每个周末他骑着单车带着你，"一路从德胜门回东大桥，路过宋庆龄故居与故宫，然后扎进了银闸胡同，出来在中国美术馆门口吃了个冰棍，顺着朝阳门就骑到家了"，你在车后座上感慨："幸福原来是肛裂的感觉！"你在时尚集团忙得焦头烂额，每次被表扬时又满怀感恩："领导们总会夸我好，但我实际也没做什么。我的超能力就是亲和力？是的，超能女人用超能。我是查理。"过生日时我给你寄去一大包抹胸吊带小背心，你继续赞叹："垫垫给我买的抹胸非常神奇，从八十斤到八十公斤都能穿。弹力就好像我们之间的爱情，虽远尤弹。"

爱心发光的生活在尘土飞扬中进行着，你和男朋友快马加鞭地买了房，马不停蹄地领了证，措不及防地怀了孕，顺风顺水摆了酒，我总是那第一个收到消息的人。我飞去参加你的婚礼，你说流程超级傻的，司仪让你们一手指天一手指地大声发誓，肯定会被我嘲笑至死，结果我笑着笑着还是流出了眼泪。因为婚礼的BGM（背景音乐）来自《我爱我家》，交换戒指时是"爱是一个长久的诺言，平淡的故事要用一生讲完"，新人感言时是"你是我怀里永远不懂事的孩子，你是我身边永远不变心的爱人"，父母致辞时是"我的家庭真可爱，整洁美满又安康"。我拍下了照片，那一刻你们给对方戴上戒指，偷偷抬眼注视彼此，许下誓言。

仪式结束后我陪你到小屋里换上便服，你从层层叠叠的婚纱中挣脱出来后，指着五六个月大的肚子给我看。上面有紫色的妊娠纹，深深浅浅，有些触目惊心吧，虽然我也是女性，但我不想用这个词。

你和我提起怀孕后辞职的事："我还是超级喜欢那份工作，有挑战，能学到东西，发展前景也好，但是试用期怀孕，只能麻溜滚蛋。老板对我说等我生完孩子回来，我知道都是客套的。两年后，一个行业经验基本为零的带娃妇女，怎么回来？我也对自己说，内心的平安才是永远，还想要啥自行车。二十五岁，老公对我好，房子和车的首付交了，孩子也快要出生了，可是我才二十五岁啊，怎么就这么顺理成章地定下来了呢？欸，出去吧，外面好多人等着呢。"

我不知该说什么，那时刚结束上段感情的我，对你是有些敬佩的。老公，孩子，婚姻，婆婆小姑，一辈子？一个无法无天的精灵少女，就这样剪短了头发，头也不回地冲进家庭的战场里。但我知道的是，你并非能死扛到底的战士，我也不是，我们都只喜欢那多元的、无尽的、自由轻飘的生活。还能以爱为名与心爱的人不知疲倦地争吵多少次呢？没几次了。

你是个不太省心的孕妇，帆状胎盘，血管前置，鞍状子宫。如何理解呢，就是高危已经不足以总结了，简直是凶险。

你说："我啊，以前的好运气太多了，正好平衡一下人生。谢谢国家和医生的关爱，我一定不会太当回事儿的！"

你预产期在六月，五月末我的小狗得了狗瘟奄奄一息。我不知道还有谁能理解这生死之际的痛苦，哭到虚脱之后坐在路边打电话给你。你说从不喜欢小孩儿，也并不自信能做个好母亲，却觉得此刻也能拿一切来交换这个素未谋面的小生命的健康平安。你说生病的人没那么痛苦，守在病榻旁的人才最是难熬，此时你最心疼你的父母和老公。通完电话我起身又往医院走去，在笼子旁边守着我努力睁开眼睛的小虾饺。

宝宝有惊无险地生下来，你的老公被派到国外工作，你独自为这个早产不好带的小朋友操碎了心，身体和精神都开始变差，依然在应付要么不高兴要么没头脑的一大家子中为自己打着鸡血："怀孕生子好像是昨天，但身体和生活节奏的巨大变化还是让人心里酸酸的。还好还有爱，还好有最初的美好，再大的困难也就找到了坚持下去的理由。"

你又经历了很多事情，然而无论命运多糟糕，它还是给了你最明亮的部分：一直被爱着。

树叶绿了又黄，再后来，哪天开始，你感慨人一穷志就短，感慨微信里的老同事们已对你视若无睹，感慨再带一段孩子可能人生就要定型，感慨想往小宝宝的爸爸嘴里塞大便，感慨一切的个人欲望已经让位于家人得到满足。那个跨年夜我给你发去视频邀请，打开后是一片黑，你说宝宝都睡下了不敢开灯也不敢大声，简单道过新年好你就关了视频。原来你真的成了一名家庭成员。

第二天，我看到你发的朋友圈状态："垫垫是我永远的情人。"

我们还是会给对方寄礼物，你寄来香氛蜡烛、香槟和天鹅绒的抱枕，我给你项链、书和很厚的笔记本，我们一直把对方当作漂漂亮亮的小姑娘来对待，不管她肩膀上扛着几个大小孩儿。

生活拮据还是一方面，得不到社会认同感的孤立无援更让你想走出去。你也尝试过自己做点儿事情，看星盘，做首饰，代购，甚至准备开个公司，大多因无法放下家庭而不得不放弃。网上有一些闪亮的年轻母亲，她们产后迅速瘦身美白，喂完奶就回到职场拳打脚踢。我曾认为那必将是未来的自己，看到你才明白，光环之后不但有巨大代价，更需十足的好运气，没人能指责那些"不闪亮"的妈妈懦弱无力。

晨昏颠倒，入不敷出，你在网络上更新的状态越来越少，偶尔跟我聊聊天也是说累。那时我正沉浸于辞职减肥重新开展人生的快乐里，疏忽了对你的体贴和问候，直到有一天，你发来一张照片，是你淤血发紫的脚趾和手指。

血液循环不好，复原能力极差，你说你走路时后背像被铁板在砸，喉咙总有一股腥甜；说孩子在长牙期疯狂哭，你束手无策到也只能在一边掉眼泪；说你做了个梦，梦里得了绝症，于是去一个个鞠躬感谢你的朋友，谢谢我们充实你的生命。你问我是不是你太矫情，我在手机这边吓得直哆嗦，让你赶紧放下一切去体检。几天后你又发信息："我过年不回家了，要在北京住院，你可以来哦，我肾部恶性肿瘤，希望你以后可以多帮助我的小孩子成长。"

我挺平静的，没眼泪也没发抖，我说你放屁啦，哪儿有这么戏剧化的人生。

你说可能我真的是小天使吧，肾癌宝宝，cancer baby。

"我老公一个劲儿哭，都不行了，唉。我妈就还好，挺镇定的。我问她伤心吗，她说这是她的个人隐私。不说了，我去跟医生聊天儿了，没准儿这周就开刀呢，人生迅速！"

手术顺利进行，切掉了一部分肾，你说这下终于能瘦了吧。果然，半年时间，从一百二一下子回到了九十斤。

认识的人会如何描述你呢？乐观甜美，善良体贴，充满勇气，人生楷模，好女人。把你放在别的故事里，结尾应该是美丽女孩儿终于挨过了病痛难关，她体弱爱哭的女儿健康成长，驻外的老公终于回到身边陪伴，你又回到了职场，找到了自己想做的事情，爱笑的女孩儿运气终于没有太差。

可现在看来，涅槃之前，还有更多的沉沦与挣扎。

在鬼门关走过一遭，你说，好像一部分的"志气"也被手术刀切掉了。长久以来，你努力做一个好老婆，努力做一个好妈妈，努力做一个好女儿，努力把自己放到一个完美的模子里，却发现自己拆东墙补西墙，退无可退，终于被身体以最险恶的方式抗议。你开始思考，想要的到底是什么，怎样才会快乐呢？

快乐，好俗的问题是不是？可我们总算还有意识去发现这个问题。

我曾经看到一段话，大意是，女孩子被赋予的社会角色是很固定的，她们在角色的转换中努力完成人生观的塑造——父母和学校的教育，成年后思考的重塑，与异性产生关系后的感悟，建立婚姻之后的新想法，以及孕养生命所带来的重建。而对你来说，还多了一步，疾病带来的置之死地而后生。

少女时你活在疯狂与浪漫之中，成年后被一系列紧锣密鼓、避无可避的现实逼着前进，不断调试心情和转换角色，到最后以一切人的满意为自己的满足，却再也不知道什么是发自内心的快乐。曾立于不败之地的一切，如今成为摇摇欲坠的危墙。你说，如果有可能，你想斩断一切牵绊关系，不做妈妈的女儿，不做女儿的妈妈，不做丈夫的妻子，不做任何人的任何人，不被期望，不被失望，不被要求，不被比较，四大皆空，谁也不理。

你告诉我，之前以为自己是在面对现实，面对有夫有女的现实，不能再任性的现实，其实只不过是在迎合外界，却从未面对过内心。你正在经历的，是从未有过的资源贫瘠，能力贫乏，环境挤压，情绪挤压，从未有过的不自信，不克制，不理性，不果断。这种与过去的剥离让你明白，只要你想爬起来，你就必须懂得从零开始。

你问："我的内心是不是太不强大了？我怕死，怕面对自己，怕重新再来。"

我说："哪儿有那么多强大的内心呢。大家都是一样的人，只不过抽到了不一样的牌，面对或早或晚的命运。你很棒了。"

前段时间我读 *Eat Pray Love*（《美食祈祷和恋爱》）那本书，女主角和你很像。她在婚后突然陷入崩溃，发现多年来苦心经营的家庭并不能让她获得成就感。丈夫很爱她，人人都夸她是人生赢家，但是 so what（那又怎样）？每个醒来的夜晚，她都不清楚自己为何会处于这张大大的双人床上。于是这个被人羡慕的女人，顶着社会的白眼和丈夫的憎恨提出了离婚，带着巨大的负罪感离开美国，希望在放逐和追寻中明白自己想要什么，寻求与内心的和解。

很多人没有办法理解她，说她作，说她就是过不得好日子。豆瓣有个典型的评论是这么讲的："我实在不明白这本书，从小顺利的中产阶级，从小就开始约会，她有好好的家庭，突然觉得要疯了，觉得生活无法继续下去，天天吃各种药片，然后找了个情人，结果被情人抛弃，去意大利学语言，去印度河印尼找精神导师。难道发达国家的人容易精神混乱吗？没法理解。"

不能理解别人的痛苦，某种程度上是件好事，说明你要么还在享受青春，要么经历着纯天然的幸运与幸福。我曾经也是这种痛斥"小资产阶级情调"的人，只是后来，我也变成了大人，经历过痛苦，也触摸过别人的伤口，懂得了若无法倾力相助，那就最好缄口不言。

我又去见了你两次，发现你变了个人，或者说，你开始跌跌撞撞地找回自己，那个比我们第一次见面时更年少的你，我还未认识过的你。像《黑天鹅》里谋杀了 Lily 后的 Nina，终于把埋在心里的真实和不堪释放了出来，开始蜕变成一个不完美但更完整的人。

面对内心的日子并不好过，你并不喜欢承担家庭角色的自己，又无法接受消极避世的自己，更忍耐不了一事无成的自己，在本应该好好调养的观察期，你用酒精逼自己入睡和放松，再用大量的药物去消解酒精的伤害，用各种各样的方法与世隔绝，惩罚和焦灼爱你的人，像是在问生活讨要什么，实际上自己的心也受尽折磨。复查时你心理又一次崩盘，哭着跟家人托付孩子，而你的妈妈对你吼："我才不要管你的孩子，你死那天就是我死那天。"

你说："虽然妈妈可能是冲动讲话，我却也有点儿醒了。家人也许是后面的事，但没有什么比自己的命，把握自己的命运更重要了。"

老公依然公派在外地，你带着两岁的宝宝从北京回到了老家沈阳，这是你高中后第一次和原生家庭长期亲密相处。你的父亲是部队干部，母亲是教师，小时候你很少有过一家三口朝夕相处的日子，而此刻，不知能否说多亏这次病劫，你居然过上了童年时梦寐以求的家庭生活。你观察着妈妈平和地处理与一大家子的关系，感受着爸爸不善言辞之中的细密温情，看着女儿怎么学习说话和交流，小生命怎么在无所畏惧中变得一点点强壮起来。你是母亲又是孩子，是病人又是婴儿，像再从襁褓里睁开眼睛一次，又像把二十几年来的人生重新梳理整合。年幼时所有的理所应当，都忽然变成理解、变成慈悲、变成了原动力。

原来没有完美人生，一切都是来之不易的。

终于你对爸爸妈妈坦白了长久以来的不快乐，不只是身体上的病痛，更有那折磨你日日夜夜的恐慌与疑问。妈妈说永远支持你所有的决定，生下你就没打算从你身上再要回来什么，爸爸说你不要老想着出去赚钱了，应该多想想怎么让自己开心阳光起来。你惊讶地发现，原来你不需要配合任何人，不再需要伴侣的肯定和依赖，也可以得到无条件的关注与温暖。你哭了一场，然后对我说："我老公真的要感谢我的父母，不然我真的可能会否定和放弃我的家庭。除了给我坎坷和疾病，世界也给我太多爱，即便天塌下来了，我还能再爬起来。因为爱太厉害了！太厉害了。"

原来人的勇气来自爱。

你不再酗酒，只要喝一小杯就能甜甜地睡了，你也不再想要从世界上消失，开始好好把握体会着人与人之间千丝万缕的联系，你终于认同自己的身份，那就是没有身份。你重新回到家庭和社会里，不再奢望做一个百分百的完美女性，你说你要你的滋味！顺便再对世界做出那么一点点小贡献，你就很满意啦。

你的疾病被治愈了，你的心理被治愈了。你平静了。

你发了一条状态："好消息是我现在不再为生病的事困扰了，不知道从哪一刻起，我忽然觉得它彻底走远了。就在最近，这种感觉特别明显。得了癌症，治好了。真的，滚蛋吧，肿瘤君。"

承认前半生的"失败"，接受命运给予的坎坷，面对曾经选择的弯路，经历过这一切，发现自己依然勇气满满，因为被爱与信任加持。生命走了一个螺旋，貌似回到了起点，而只有我们知道，它去往了高处。

永远爱你，陪在你身边。

你的 Lily & 气垫

所有的故事，
都发生在夏天

1

"夏天。一年的真正时间,只有一个季节。夏天代表你能做的一切,过不去的白昼,睡不着的夜晚。成群结队和形单影只都发生在夏天,压抑的躁动和漫长的孤寂都发生在夏天。总觉得日子还有很久,一个浑身是汗的午睡过去,突然就是立秋,又过了一年。夏天结束之前你没有爱上我,那么你一定不会再爱我了。夏天。"

整整一年前我写过这样一段话,前几天又被转到我的首页上。

五月过去了,六月正来临,每年的这个时候,我都经历变动,磕磕绊绊。就算日子越来越好,烦恼永远是那些烦恼。

2

二〇一二年夏天,大学毕业。

经历了没找工作的大四和稀里糊涂的毕业季后,在一个上午,我没和舍友道别,拉着个箱子从学校直接去了机场,下午上了飞机,晚上从济南到了深圳,嗯,见男朋友。

我们租了一个很小的单间,劈两个叉到头的那种。他很早起床去上班,晚上拎着大堆外卖回来,我睡醒后晃晃悠悠写点儿东西,等他回家。

日光漫长,夜晚短暂,空调聒噪,内心不安。

某一天我在家里闲得无聊,决定去接男朋友下班。问了他上班的路线之后,我吃完了午饭就出发,站台等待半小时,公交上站了一小时,下公交过天桥走几百米街角拐弯继续等，下辆车从市区弯弯绕绕开向城市边缘，又是将近一个小时。

你觉得翻山越岭漂洋过海飞越整个国家去见爱的人很壮烈是吗，可那就是一次投入一了百了的事情。

但有个人，愿意日复一日地把那么长的时间和力气放在曲折颠簸的路上，离开你也是奔赴你。

早晨要几点起床，下班的路会堵成什么样，觉没睡好要补一下，他个子很高，坐着不会太舒服，站着又摇摇晃晃。

而我知道他并不觉得累，也不觉得多了不起，这琐碎漫长的奔波来去，不过是上班下班，我在家里。

哭了整路的我，下车后看到不知所措的他。我说我才真正知道你有多喜欢我，然后拉住了他的手。

时光和蝉声同样长，在夏天和一个人拉起手来，你会觉得那就是一生。

3

二〇一三年夏天，在北京工作了半年。

深圳有个公司邀请我入伙，我正好厌倦了北京的环境，加上男朋友也在，于是又拉着那个箱子来了一次从北到南。租了更大的房子，一室一厅，干净明亮，六十平方米。

公司做得不太好，我第一次体会到不上不下的尴尬，以及睡不着的感觉。会烦恼到我的，永远不是工作，而是飘浮在空气里的，那些我明白能被所有人捕捉到的心照不宣和刻意回避。

从那时我才理解了开不了口的痛苦。你知道一切选择都是自己做出的，一切好处自己也拿过了，还是希望有人能跟你聊一聊，问问你有什么委屈，告诉你为什么会这样。深圳夏天阳光刺眼，而我在每一天下午两点，在破败阴暗的办公楼里从一端慢慢走到另一端，四顾茫茫然。

在夏天里所有要把你压垮的情绪堆积，你却羞愧地认为是天太热了而已，年少矫情，不值一提。

4

二〇一四年夏天，换新公司半年，单身四个月，养狗两月。

那个五月一直没晴过，并不是我的错觉。在永远无穷无尽的滂沱大雨里，小奶狗得了狗瘟，在我的怀里离去。我被房东赶出来，拉着箱子在街头坐下，又被一个人用力牵起。

后来故事发展成这样——

一个傍晚他带我去吃饭，我们开车的路线正好是这个城市马路亮灯的路线。晚上七点左右，路两边的路灯次第亮起，辉映我们的眼睛。我忐忑不安满心欢喜，以为整个城市都在替他向我求婚。而他终于开口告诉我，他爱上了别的人。

我仓皇逃下了车，关车门前居然扔下了一句对不起。

我在对不起什么呢，对不起我自作多情，对不起我占用你的眼却进不去你的心，对不起你明明不爱我还要虚与委蛇，对不起你当初为什么要来帮我。我是那个被救起又被放弃的人啊，居然还在手足无措地说着对不起。

夏天很配合，它给了我一个剧本般的浪漫场景、狗血剧情、日落暴雨。我在又一场雨里逃入马路旁的灌木丛后，好像在躲雨，又好像在等待，最终也没有等来一个剧本般的苦苦被寻、用力辩解与冰释前嫌如胶似漆。

其实剧本还是剧本，而习惯了站在光下的我，才发现在这个本子里，镜头跟随的是他终于长松一口气开着车离去。至于躲在灌木丛后被雨浇透的那位，并不是主演的人。

南方夏日雨后没有放晴，只有依然大片的云翳，雨水蒸发不掉，在地面形成小小的一摊。

在夏天掉下的眼泪，好像再也流不干。

5

似乎所有的故事都发生在夏天，其余的季节只是续写。整整一年，我生活在上个夏天的后遗症里，一天和一年毫无分别。

到了二〇一五年的六月，熟悉的暑气扑面带来往年不好的记忆。为了逃避噩梦，我离开深圳走了趟川藏线。

西藏的夏天是最好的季节，巨幕般的星空沉默无声，泼天的日光凛冽冰凉，在旅途的最后一个夜晚，我在青海湖边终于哭了出来。

你觉得出走会带来解决吗，逃离能治愈痛苦吗？不会，没有别的土地，也没有别的大海，逃犯到哪里都是逃犯，你永远不是风光的主人，你总要回去。

大梦方醒，我辞掉了工作，搬离了原来的小区。然后，如你们所见，明明朗朗，一直到了二〇一六年的夏天。

南方的夏天结束得晚，少年的心老得慢。

二〇一六年的夏天还没过完，我晃晃荡荡，静静等待。

6

回忆与描述太耗费心神，所有的片段每过一遍就像又活过一遍。

为什么要写这些东西，因为上个月我回了一趟母校，发了好多疯疯癫癫的句子，可能是当了回老学姐就傲上了天，可能是做了个分享会就找不着北，但我知道有那么一点儿原因——

当我下了车看到校门口还在卖樱桃的阿姨，我进了学校路过提着暖瓶回宿舍的学弟学妹，我在地下食堂那个卖凉面的老窗口后面排了一会儿队，当晚上活动结束我带大家出去吃饭，走在旁边的学妹一直提醒"学姐小心台阶，这边该往右拐"，我挥挥手说"我比你待的时间长，闭着眼我都能往正道拐"。

然后我突然想起大一暑假前的一个夜晚，洗完澡之后和舍友尚姐穿着拖鞋披着头发，去超市里抱了个开瓢西瓜，在食堂门口蹲着用手掏完吃光。

　　那时候还没有微博微信，我每天在饭否上拿腔拿调地叨叨点儿青春心事，那时候觉得大一过完了还有大二，大二过完了还有大三，大四是很遥远的事情，想想毕业还有些兴奋，这姑娘一定会成为很了不起的人。

　　是啊，小时候对未来的想象都是差不多的画面，你当上了艺术家，我嫁给了大英雄，长命百岁，坦荡光明。然后二十岁三十岁来临，发现艺术家要会唱《恭喜发财》，最孤胆的英雄原来是自己，长命百岁里是大病小灾，前程依然远大，路却不宽也不直。美好的画面后都有怎样的声音，我们想得到的都是未来，猜不出的都是人生。

　　那些随随便便的清风明月，那些过完了一个还有一个的相同夏天，回不来了。

　　而我也从不识愁滋味的少女，然后变成面对脆弱不堪无能为力的女孩子，终于成长为能够在命运面前深吸一口气的成年人。

　　夏日不老，成长万岁，让我们回头，为夏天干杯。

玫瑰色的女人

情人节早晨的第一条消息来自我爸："节日快乐，希望女儿收到礼物。"

我揉了揉眼睛，愣怔怔回复了个"我也希望"。然后敲门声响起，并不是神秘爱慕者送来的鲜花，而是之前订好一日一送的沙拉套餐。

跟手机里的异地男朋友道过情人节快乐，我边喝早餐咖啡，边剥一整头大蒜。懒得买菜切菜，又不想吃外卖的地沟油，于是以葱姜蒜大炒沙拉菜成了解决方法。开火，油热，蒜瓣扔进去煸成焦黄色，沙拉里的牛肉扔进去翻一翻，土豆西兰花洋葱扔进去翻一翻，沙拉黑椒汁沿锅边倒入，关火出锅再磨一点儿黑胡椒碎。

天气好，天空蓝，猫咪在落地窗前与远山一同睡在云端，我坐在桌前吃一盘黑椒牛肉炒大蒜。

有朋友说，你们这种女孩子啊，恋爱不承认自己恋爱，单身不承认自己单身。

这些年每当提到"我男友"时，都有人惊异发问："你什么时候又恋爱了？"我说还是上一个啊没变，对方说看你前段时间发了些不开心的句子，以为你又失恋了。我想，可能他们还未能明白，情绪波动，归根结底是在与内心对话，若把所有的悲欢起伏归咎于身边人的来去，那是对自己的不负责任。

还是有个惊喜收获，之前学过做甜点的教室送来了跟金字塔一样大的玫瑰蛋糕。正犯愁怎么解决时，朋友香蕉发信息过来："我知道男朋友没来陪你哟，晚上一起吃饭吧，我把室友也带来。"

香蕉，女律师一名，每天穿梭于深圳市中心、香港豪华写字楼、珠三角倒闭工厂和江浙沪各大法院。工作时她应该是拍着桌子跟办事员吵架的李女士，小高跟包臀裙走得理直气壮，下班后垂头丧气来敲我家的门，进屋一头栽进懒人沙发，说人生是不是要完蛋了，钱也赚不到，男人也没捞着，好丧好想哭。

我总没好气地大吼再抱怨就从我家滚蛋，并作势要把她的东西扔出去。手一拎发现包好重，往里看去，厚厚的案卷资料已快要从公文包口溢出来。当即心软，问她要不要喝杯奶茶，家里刚买了新胶囊。

她是我在深圳认识的第一个朋友，我们看着对方长大。那天跟她说，刚认识的时候，我们两个人还在数着生活费过日子，现在居然也可以偶尔不比较价签就放心买单了，真是神奇。

两年前她发誓最后一次备战司法考试，筹划着考完就去见心心念念的意中人。我去她闭关读书的酒店，看她为了消掉小肚子，整个晚上站得直直的，在甜蜜与忐忑中疯狂做题。后来意中人见得倒不是很OK，但证书是拿到了，又哭又笑之后她问我："垫垫，你说我将来会不会很有出息，我过了司法考试，我工作也很拼命，那律师这个职业也比较受人尊重，我一定能凭自己干出成绩赚到大钱，让爸妈都以我为荣，你说是不是？"

我翻了个白眼说是是是，然后小姑娘就一点一点地出息了起来。

感情不可控，令人燃起希望又被绝望浇灭，我们总还能竭力一搏，以别的方式取得成就和快乐。

在约定的餐厅见面，长发在肩头一起一伏的她又噘着嘴："好不开心呀，情人节没男朋友。"

我说："你不喜欢而已，追你的少了吗。现在让你随便选，想和在座的哪个男人一起过节？"

她嘿嘿地笑，说没有没有啦，情人不如你这个爱人。

喝了两杯酒之后，她的室友茉莉，终于从离我们十五公里的科技园下班出发，排完一百多米的进站队伍，摇摇晃晃站在地铁上半个小时，然后踩着高跟鞋穿越两条街，朝我们走来。

这是我第一次见到茉莉。她眼睛大而灵，人瘦削干练，和我一般年纪，工作已经做得风生水起。

她也是要常常出差的人，和香蕉合租的屋子客厅里，长期有摊开的行李箱。据说两人偶尔一周都很难见到面，不是这个她在外地就是那个她在外地，一个人刚到家另一个就飞了，活生生把家住成了客栈。

茉莉没谈过恋爱，从未。我平时遇到这种情况会刻意避开此话题，怕对方不开心，但她不怕。她笑哈哈说："上次啊，有朋友给我介绍了一个男生。加了微信后，第一次聊天是我打招呼。想起香蕉教我，跟异性聊天时要多用萌萌的表情，我就找了一个之前存的可爱表情发过去，男生就再没回复我了。"

她把表情调成了大图给我看，一个歪着头眯着眼比着 V 手势的动漫版 penis（阴茎）。

"画得这么抽象！我又没见过活的，怎么会知道！"

三个女孩儿放声大笑，桌面上开着一朵玫瑰蛋糕。

香蕉笑着说，其实我们这样吃吃喝喝聊聊天多快乐呢，比跟男孩子在一起轻松自在多了。

茉莉说，对啊，情感专家你讲，和朋友在一起这么开心，那为什么我们还要找男朋友。

我说恋人能带来的滋味是另一个层次的，是朋友和亲人无法替代的，当然爱情的快乐也大不过友情和亲情。生命中有很多感受等着人去发现，很多体验要一个一个来，人没办法面面俱到的，有什么享受什么就好。

以前我们会撺掇身边的单身女性快快恋爱，有时还恶意地开个"单身狗"的玩笑。而那些女孩子，除了笑着配合着摆出一脸"失败者"的样子，也没有再做什么所谓结识适龄适婚异性的努力。谈恋爱？好像很不错。看到别人成双成对，也会有羡慕。只是快乐不快乐这种事，好像与婚恋状况没什么关系，且先与自己好好玩耍，乐子还没享尽，急什么。

　　十七八岁的时候，连人生的边都没摸到，却都故作沧桑地说自己老。现在都过了二十五岁，发现命运庞大，不可捉摸，没人再敢说自己拥有了什么，却更能以一无所有的心情去拥抱人生。

　　我们有的在职场上摸爬滚打，吃尽了闭门羹又试着去打开一扇扇门，有的在生活中起起伏伏，感受世间的孤单与温情。我们每天都在与自己的欲望和能力过招，失去一些，得到一些，踏实一些，掂出了自己的斤两，慢慢地找到了让自己好过的方式。

　　有男朋友，没男朋友，从来没有男朋友，都不是什么大不了的事情，我们很难再把自己的灵魂生活与别人的捆绑在一起。

　　亦舒说："我们年轻时，只懂得寻找归宿，不懂得寻欢作乐，却不知道，我们自己才是自己的归宿。"二十啷当的姑娘，不是必须有个非他不嫁的对象，或者被某个人寸步不离地捧在手心，才是幸福。生命的快乐是很丰富的，是依靠自己来充实的。

　　蛋糕切开，我们用巧克力玫瑰花瓣包裹住里面的慕斯花蕊，然后一小卷儿一小卷儿地吃掉。红酒荡漾涟漪，音乐渐歇，人群次第散去，我们邀请老板和服务生一起来吃蛋糕。离开前，老板拿出了三朵包装好的新鲜玫瑰，放到我们的手上。

　　走出餐厅，我们比对了一下，三朵玫瑰的绽放程度有些不同，一朵新，一朵盛，一朵开始有些凋落之意。我最喜欢的花是玫瑰，不是因为它代表爱情，而是玫瑰在任何时刻，从含苞到盛放，到成为干枯的花瓣被夹在书里，都是美的，是有尊严和风情的。

香蕉说，大家都在看我们呢，是觉得我们没男朋友很惨吗。茉莉说，才不是，是因为我们好看。我看着身边玻璃窗映出来的自己，想起日本作家森茉莉的话："即使没有爱情，人生也可以是玫瑰色的。没有恋爱却像恋爱中的人儿一样快乐，我认为这非常非常妙。"

　　致所有玫瑰色的女人。

我在呢，
别怕了

1

我曾特别羡慕有"好友"的人。

喝喝小酒，吹吹小风，潇潇洒洒，婆婆妈妈，可以分享鸡毛蒜皮八卦绯闻，也不怕共担成长烦恼人生痛苦，无处可去时放心投靠，有吃有喝时带上一起，能在一方失意时坐上所有交通工具来提供肩膀，也能在一方需要祝福时跋山涉水披星戴月赶到身边。

比如你看着书听到敲门声，外面"是我啦"的声音你早听过了八万遍，你边决定下次给她配把钥匙边打开门，她轻车熟路带着啤酒钻进来，哭诉了破烂事又哼了《坏男孩》，扔满了一个垃圾袋又换上一个垃圾袋，最后翻出存放在这里的 T 恤睡衣，拱到你身边，把呼噜打得震翻天。

又或是你刚刚经历了什么事情，城市很大你却没有地方去，在黑漆漆的屋子里给她打了个电话，没接通就先去洗个澡，过会儿出来看到手机还在亮，屏幕上是一串未接来电和不停增加着的信息："怎么了，刚没听见。""平时不给我打电话的，出什么事了？""需不需要我过去，你有没有人陪？"

像所有肥皂喜剧里演的那样。

这很贪心，我知道。我没有，我认。

我一直不喜欢"麻烦"别人，并非个人素质多高，只觉得一个每天面对无数陌生人倾诉的鸡汤博主，再去对他人展现负面情绪，要求陪伴和支持，是件丢脸的事情。另外，一次"麻烦"会给我很大的心理负担。

有句烂俗的台词叫"别对我好，我还不起"，我很难坦然，并不自信。

所以我的"朋友"总是以地理和时间为单位划分的。小学初中高中大学各有几个玩伴，毕了业后就再不联系，有过一些很欣赏的人，不会刻意制造互动，没亲密过更无所谓淡去。后来我来到了大城市，过上了独居加自由职业的日子，微信里的客户名片倒是越来越多，只是半夜想撸串了，手痒又做一桌子菜了，一个不爽想飞到有谁谁谁在的城市投奔了，我翻着通讯录，不知道该跟谁说。

算了，大家都很忙，我们又不熟。

2

后来我经历了一次非常恐怖的失恋。

以前失恋都是自己哭两顿熬过去，可那次分手当天，我鬼使神差地发了消息给一个同在深圳的朋友 Y。因为一些尴尬的误会，我和她已经两年没有见面。

我说我失恋了，Y 回你现在怎么样，我说不太好，你能过来吗，Y 说地址发来，我半小时后到。

四十分钟之后，Y 拍门大喊："傅文佩！傅文佩！开门啊！傅文佩！"

我笑骂着脏话去开门，Y 提着两手东西进来了。四罐咖啡，她知道我有咖啡瘾。面包和鸡蛋，估计要给我做早餐。还有个热腾腾的小袋子，里面是十二根烤到裂开的热狗。她还记得我对这种垃圾夜市小食品的狂热喜爱。

"不好意思，时间没把握准，耽误的十分钟是因为你家楼下便利店烤肠就剩三根了，我想这哪儿能行，就又去旁边路口的那家，把他们的烤肠全扫了。大爷边哆嗦边给我装烤肠，哈哈哈哈哈哈。"

我要求 Y 在家里一直住着，她没问我失恋是怎么回事，我也没有拉着她一叙旧情。我必须把自己弄得很忙，每天清早逛一上午菜市场，提着大包小包在楼道里喊她的名字，她开门把东西接过去，等我刚换完鞋桌子上就摆满了刚洗好的水果。中午我做一整桌子饭，她边吃边夸，然后去刷碗扫地倒垃圾。晚上一起出门去深圳湾散步，从下午七点一直走到深夜十一点，走回楼下，继续扫荡大爷的烤肠摊，然后跟大爷一起浑身哆嗦。

终于，半个月之后的某个夜晚，我在卧室里看书，看到伤心处，把灯关上待在黑暗里。Y 看完电视洗漱完毕悄悄进来，躺在我身边，突然开口："你怎么还在叹气呢？"

我努力深呼吸，却被涌上来的情绪又冲出了一个哽咽，艰难开口："不还是因为那些事情。"

她往我这边靠了下，挽住我的胳膊，头放在我肩膀上。"你哭吧，别总躲着。"

我长叹一口气，眼泪流下来，感谢黑暗。

如果说，对爱人剖白自己时，我带着一丝要求被珍惜的示弱，对陌生人说心里话，总免不了有千帆过尽的炫耀感，那么对一个同性好友，面对面，一字一句，展开那些被"强大""高傲"包扎过的真实，很难。难到你根本没法用反复的心理建设做好准备，你只能等待那样一个不由分说的关头降临。

黑暗中不知哭了多久，我伸手再向床头的盒子里抽去，纸巾已经用完，于是坐起来打开了灯。

"好饿啊。"

Y 捂着脸也坐起来。"我早饿了。"

"哭怎么这么消耗体力啊。"

"要不说失恋减肥呢。"

是啊，如果你忍得住不去点外卖的话。

凌晨三点半，电视打开，猫躺在脚边，地毯和桌子上摊满了烤串啤酒薯片热狗，我们在刚刚更新了两集的叽叽喳喳生活剧里，进行情绪宣泄后的物质补充，然后看着落地窗外天明。

3

半年后我生日，和 Y 同去厦门玩。

几个月来我们每周都要见面，互相到对方那边住个几天。之前让我们两年不见的误会已经不需要解释，其实哪儿有什么真正重大的误会事件，都是些羞于启齿的女孩子情绪。哭开了，就好了。

一天晚上，Y 已经在民宿的小床上沉沉睡去，我依然在手机明灭的光芒中寻求慰藉。实在刷不出内容后，我叹了口气刚准备放下手机对抗噩梦，感到旁边微微动了下。

我以为是她翻身，把身子往床边挪了挪，想让她睡得更松快些。然后我听到一声急促的"啊"声。她轻轻开口："刚刚被魇住了。"

梦魇，鬼压床，我没经历过，只听说那是睡梦中幻觉像有重物压身，也有人会感到有影子趴在床边，却不能动弹发声，胸闷无力，惊恐可想而知。

我说："你要喝水吗，要不要把灯打开，我陪你说说话？"

她继续轻轻说："没事，我经常这样，再睡就好了。"

嗯。我把手机塞到枕头下面，让房间完全暗下来，慢慢调整呼吸，想让 Y 赶紧好好入睡。过了几分钟，她又开口："你能抱抱我吗？"

"当然了，过来。"

"不好意思啊，打扰你睡觉了。"

"说什么呢你。"

她转身抱住了我，抽泣起来，直至号啕。泪水在我肩膀处慢慢洇开。

"我一直有这个毛病。小时候跟爸妈讲，他们说，我是幻觉，是做噩梦，立刻再睡就好了，可我知道那不是，太真实。再后来我不告诉他们了，他们各有各的生活也从来不管我。上学在宿舍里我也不敢告诉同学，出来住了也不敢跟舍友说，怕他们害怕我，讨厌我。"

"怎么会呢，你又没做错。"

"把她们弄醒再讲这些神神道道的，她们会睡不着的。所以我都是一个人撑着，被魇醒了就不再睡了，一直到天亮。"

"好了。我在呢，别怕了。"

她在泪水中又慢慢睡过去，像个真正的宝宝。

我终于明白了 Y 在外人前的沉默寡言和在我面前的跳脱飞扬，她是好不容易找到一个信任的人。

再后来，某一天，Y 告诉我，那晚之后，她再也没有过梦魇。我说好巧啊，在你面前哭了之后，我就再也没为跟他那档子事儿掉过眼泪。

4

文章开头我想说的是什么来着？我说的是羡慕，羡慕有"好友"的人。

而我也终于拥有了 Y，曾经我们志同道合哈哈大笑，如今我们心领神会无须多言。现在我和她在两个不同的城市，互为一个电话就可以为对方飞过去陪吃陪睡加蹭吃蹭睡的交情，各自生活，相依为命。

有个人，不会面对你的眼泪手足无措，不会觉得你的负面情绪是个麻烦，不会认为你的邀请造成了负担。

她可能说不出"我不会离开你"这种话，但她会在一个又一个深夜里，拥抱住你的肩膀和泪水，倾听你的恐惧与崩溃，陪你看一个又一个天亮。

你也有过很多不敢哭出来的夜晚吧，如果你想起了谁，如果你身边正好有谁，如果老天给你这样一个机会。

你别害怕软弱，别害怕亏欠。

你们会得到彼此。

微笑的刽子手

失眠的夜晚，我发了条心情不太好的状态，有个小姑娘在下面评论："这么难过吗，那你不如去死啊。"

还给自己点了个赞。

点开她的主页看。这是个很漂亮的女生，有时候写写读书笔记，有时候会抱怨爱情生活，有时候转发一下抽奖微博。

我想起了一些小孩子，很小的小孩子。他们做出恶毒的事情时，比如踩死一只小麻雀，撕碎班上同学的书，并不知道自己是恶毒的，哼着歌，晒着太阳，长大后个个意气风发，前程远大。

仿佛自己从未做过凶手。

在网上摸爬滚打了几年，我已能做到几乎不被他人的话语摆布情绪了。我明白出口的恶言并非针对真实的我，甚至也并非指向那个虚拟的ID，只是为了随便找个靶子，发泄长久以来的愤懑。

但我毕竟是幸运的，我在网络上得到的赞誉与温暖远比诋毁和否定多，但不是人人都会有这样常年面对大量指点和评论的经历，更多的人，如何面对突如其来的恶意呢？

说两个故事。

第一个发生在我初中时。

你们班上有那种因为长得不太好看，学习成绩也不好，就被所有同学嘲笑的女生吗？我们班上有一个。

她有点儿矮胖吧，皮肤很黑，嘴唇厚厚的，头发不长却常年绑着一个紧绷的朝天辫，学习成绩不太好，坐在教室最后一排，那个专门给"笨孩子"和"坏学生"准备的位子。

十三四岁，青春期，性别意识开始萌发，冲突与碰撞在暗生潜长。学习好又长得漂亮的小姑娘是每个人的思慕对象，而成绩和长相都在另外一个极端的女生，会在突如其来的一天里，受到来自全世界的恶意。

她的桌子，男生走过时总会夸张大喊抱头逃离。她的名字，总被大家刻意地提起来又用眼神和窃笑代替过去。上课时老师叫她起来回答问题，总有人夸张地发出倒吸冷气的声音。课间她低着头从教室前门走进来，正喧闹的整个班级戏剧性地安静，几个最调皮的男生装作忍俊不禁地咳嗽两下，她在教室里又爆发出的大笑声中走到座位，拿出书盯着看。

而她很少气急败坏，也没在人前哭过。最开始她好像有点儿疑惑，偶尔会说两声"好讨厌啊"然后快步走开，到后来，似乎已经习惯了这样，在大家的哄笑声中，她甚至会扯扯嘴角跟大家一起笑起来。

我回头看见她笑着的样子想，好坚强啊。

后来经历过一些事才明白，没人想要这种坚强，只是发脾气有什么用呢，要和你朝夕相对的永远是这些人，可能顺着他们来，他们觉得无聊了，就会放过你了。

没有放过。

起码在我初中的那几年里，嘲笑和孤立一直集中于她的身上。

我当时是班长，会刻意地对她好一点儿。班里组织课外活动时，主动把她拉到我的组里。大家嘲笑她的声音太大时，拍拍桌子维持一下秩序。她看到我也总会笑。后来中考前写同学录，她给我的那一页上写着"你对我很好，你很善良又美丽，祝你永远开心"。

现在回想起来，我的那"善良"里面，其实掺杂着几分"我是班长，应该做个好人""好讨厌班上那些不遵守纪律的男生"，甚至是"我想让你记住我的好"。

那种"好"，对一个遭受校园暴力的孩子来说是温柔与温暖，于我而言，也未必是真心全意地想和她成为头并头的小伙伴。我有些羞愧。

毕业之后，漂亮的姑娘，学习好的姑娘，不安分的男生，各有了去处。而她去了哪里，没有人提起过，也没有人关心。

再后来，某天我在路上见到变了很多的她，身边簇拥着一些会被学生们称为"在外面混"的伙伴。她把头发留长染黄了，扎成了高高的双马尾，涂了粉色油亮的唇彩，盖住了她原本灰暗的唇色，穿着蓬蓬的裙子，露出半截并不纤细的小腿。她长相和身材都没什么变化，但挺起了胸来，也蹬了一双厚底坡跟鞋，看起来高了不少，曲线毕露，左顾右盼，十分惹眼。

我们认出了彼此。她笑了起来，当留意到我在打量她时，又有些羞涩。打完招呼后，她和身边的朋友们继续往前走去，五颜六色的头发和衣服，形成一面猎猎的旗帜。

我为她开心。

第二个发生在二十岁，我刚开始玩豆瓣的时候。

收到一封私信，发件人是个女生。

"你还记得我吗？"

点进她的主页，不多的广播和信息，实在从中找不到和她有任何的交集。我回复不记得，并顺手点了个反关注，从此她在我的时间线上生动了起来。

这是个诗情画意的姑娘，文字动情，长得也动人。我们从单纯的互动到聊得热络，又在线下聚会中匆匆见了一面，然后约好了，放假的时候一起去厦门旅游。

鼓浪屿的夜晚很安静，我们关了灯躺在民宿的大床上聊天。她突然说："我好开心那时候你没有记起我，原来你并没有那么讨厌我。"

问她为什么这么讲，她说去年三月我转发过一篇文章，叫作《××××》，内容大概是怎样怎样，那是她写的。

想起来了。

那是一篇非常个人化的文字，充满意象化的词汇，从未听说过的品牌和大段大段的情绪描述。当时的我正因为在豆瓣发声批判这种"银镯女子"文风而成名，有朋友翻到了这篇文给我，我瞥了一眼，写了两行嘲讽的句子就转到了首页。

越来越多的友邻加入转发，给这篇文字带来了疯狂的热度以及骂声。很快她便删除了所有文章，暂停了更新广播。

网络上的风一阵又一阵，我们跟着往前跑，投入新的舆论大潮中，再没人记得她。

我是当年的凶手之一，而受害人，在这个夜晚，躺在我的旁边。

"啊……是你啊……"我想解释些什么，在脑子里搜刮着词语。

"没事儿，我当时写的东西是挺矫情的，现在想来也挺丢人。后来我一直在偷偷看你，很喜欢你，过了很久才去跟你搭讪。你看你，都把我给忘了，说明不是在针对我，我挺开心的。"

"对不起啊……"

"从你的角度出发，只是正常说话而已。当时伤害到我的不是你，只是有几个我曾认为的朋友，在那个时刻甚至一起加入讥笑我的队伍，那才是天翻地覆的痛苦。"

她现在的文字和那时比确实有变化，有了自己的风格，更加纯熟老练，但那份细腻敏感还是她的。她在长大，我也是。我已经很少再去指名道姓地嘲讽影响力不如我的人，也很难再因为一段不符合心意的文字就对一个人公开发表定论。可我还是在想，如果早点儿认识她，我看到那篇文字之后会不会笑笑就过去，或许她就可以不受到那样的言语伤害，或许我就可以更早地懂得一些事情。

比如，你的影响力有可能只是来自幸运，不要滥用这份幸运。比如，你的观点是好的，不代表你做的事情就是对的。再比如，每个 ID 后面都是有血有肉的真实的人，你轻飘飘的怒火可能会烧死一个活生生的人。

如何抵挡那些貌似无辜的恶意？

或许，要从了解我们每个人都有可能是刽子手的那一刻开始吧。

祝你好运。

终于，

我成为一个大人

过年回家，爸爸开车来接我。从机场到家里的路上，他说，我还以为你今年会带男朋友回来呢。

　　"因为最近在忙着写书，没什么精力把成家的事儿提上日程。等我把手头的东西搞定了，再专心去谈未来。你不用太担心了。"

　　以往的我一定会翻个白眼沉默不作声，被问得急了就以"再逼我就随便找个来糊弄你哦"怼回去。而今年，好言好语好好说，话一出口，我都有些讶异。

　　"这么说我就明白了。"爸爸继续开车，过了一会儿又开口，"其实你不管做什么决定，只要跟爸爸妈妈说一下是为什么这么想的，我们就都好理解了，不会阻拦你的。以前你总是直接通知我们，又不准我们问，那我们肯定担心的。"

　　"嗯，我知道了。"

　　回到家里，我进屋收拾东西，听到他在厨房很兴奋地跟妈妈说，我长大了。

　　我想起去年回来时，某个晚上我去客厅倒水，听见爸爸在卧室里接电话。对方大概礼节性提了一句我有没有结婚的问题，他是这样回复的："孩子嘛，都有自己的想法和生活，男朋友什么的她自己拿主意就行，做家长的不用太着急，着急也没用。"

　　那是我曾认为他永远不可能说出的语句。

　　我不太恋家，总觉得自己能掌控一切，换工作和辞职都是过了一段时间后再通知父母，更是从不和他们提自己的感情生活，被问到时只冷着脸用一句"时候到了我就带回来"略过。说是不想让他们担心，却不愿直面自己缺乏耐心和沟通的事实。

那个夜晚我才发现，那些我曾拒绝和他们提起的东西，已经被他们在很多个夜晚慢慢嚼着咽着消化掉，然后诚诚恳恳地说给外人听，说给自己听。

到底是他们由于年龄和时代，永远无法了解我，还是我因为固执和胆怯，不给他们这个走近的机会呢？

"要避免去给那在父母与子女间常演出的戏剧增加材料；这要费去许多子女的力，销蚀许多父母的爱，纵使他们的爱不了解我们；究竟是在爱着、温暖着我们。不要向他们问计，也不要计较了解；但要相信那种为你保存下来像是一份遗产似的爱，你要信任在这爱中自有力量存在，自有一种幸福，无须脱离这个幸福才能扩大你的世界。"（里尔克《给青年诗人的信》）

我好像更理解了这段话。

大年初二，亲戚们来我家聚会。

姑姑："怎么回来的？"

我："从深圳直飞的航班开了，我二十八坐飞机回来的，三个多小时。"

姑姑："什么时候走？"

我："过了十五再走。"

姑父："这就对了，多陪陪你爸妈。深圳有什么好的，还是家里好。"

我笑笑没出声。

姑父："有对象了吗？"

我妈端着茶壶走了过来。"别瞎问孩子啊，各家好好过各家的事儿。"

姑父："我关心一下嘛。"

捧着杯子我突然想起去年六月，爸爸妈妈请了假从山东老家飞过来，在三十多摄氏度的小屋里满头大汗地帮我装修深圳的房子。他们临走的前一晚，新家已经有点儿成型，我依旧焦躁不安，而爸爸有些欣慰地说看到新家的样子他放心多了，家里的亲戚都很关心我在外面的生活……

我撇着嘴回应，他们只不过是好奇两句，怎么可能真心关心我。

爸爸立刻变了脸。"没人真心关心你？要他们来帮你搬家你会愿意吗？回家见面问两句你又嫌烦，小时候谁不是宠着你让着你，你回家什么活儿都不用干，有点儿好东西就留着等你回来，还要怎样关心你？他们是你的亲人，你呢，你关心过他们吗？"

一百多句反驳的话从我的脑中奔到嘴边，然后被那句"你关心过他们吗？"定在了原地。

我没有。

我是一个把血缘和人际都看得比较淡的人。而从小时候起，我就一直是同辈亲戚中被"优待"的那个。因为年纪相对小成绩相对好，后来又在外地独自发展，大家都比较迁就我。我从不需要在家庭聚会中撸起袖子下厨炒菜，在饭桌上被要求说敬酒词时总能笑笑躲过去，饭后所有人在一起聊天侃大山，我可以拿本书到别的屋看。

我大步大步地往前走着，他们从未在真正意义上影响过我的人生选择。

我从没有那么掏心掏肺地对他们好过，而他们在自己所受的教育下，已经做到了对我最大程度的"关心"。

先提的永远是那些何时来回何处高就的小事，是因为我一年也就回来一两次他们不知道该从何问起。必问的总是生儿育女成家立业的话题，是因为在他们的观念中传宗接代就是最重要的事情。年轻的人在外面总感慨漂泊无奈，上一辈的人选择用亲情血缘增强存在感。我们的眼睛从未离开过手机，抱怨着自己患有社交恐惧症，而他们习惯了以面对面的大声招呼寻根究底，获取热气腾腾的联系，不明白小时候在身边笑嘻嘻吃糖要压岁钱的小孩儿，一年年抱进来抱出去，怎么忽地就横眉冷对义正词严了起来。

某一次，我在家里的台式机旁边看见一张字条，上面是妈妈的字迹，写着我曾在网上提到过的几本书和电影，那是她要搜索去看的。

她已经是一个非常开明的妈妈和先进的女性，但在我气势汹汹不发一言的成长面前，她在努力地走进我的世界，也在认真地挣扎与困惑。

有个朋友这样说："落后于时代并非不堪，也不是任何人所想；见过了世面并非优秀，更没赋你资格高高在上。"每个人只能活在他自己的年代里。当我回过头来理直气壮地指责家人庸俗愚昧时，用冷漠或尖锐的方式对抗他们，难道我就不是那个可悲可笑的人了吗。

时代走得太快了。一批批的老人被无情抛弃，无所适从，年轻人飞快地挣脱父辈，再马不停蹄地被更年轻的人打倒。曾被标签化过的八〇后，迫不及待地用"非主流"去定义九〇后和〇〇后，而做过所谓网络弄潮儿的我，如今也讶异于观念的飞速更迭，跟跟跄跄地，想使自己不至于成为落伍之人。

我是幸运的人，我离开了小城镇，受到了所谓好的教育，见到了所谓大的世面，有了所谓先进的观念。我也终将会成为不幸的人，会老去，困于自己的天地，会被更年轻的人不理解。

我会努力适应时代，也希望到时会被和气一点儿对待。

我依然是先吃完饭的那个，打了声招呼就坐到了旁边的沙发去，今年刚上大学的堂弟承担起了桌上倒水端盘子的角色。

很小的时候我和他打打闹闹，偶尔把他推倒在地哈哈大笑，后来听说他不爱读书调皮捣蛋让全家人操心不少，再后来又听说他高中时突然发奋一鼓作气考了出去。他不是那个跟在我和堂妹屁股后跑的小孩子了，变成了一米八多低着头的小伙子，不爱说话，做起事来倒是特别麻利妥帖，比我强好多。

大一第一学期，很有趣新鲜吧，生活费要花到点子上，当然也不要太节约，要多参加课外活动，跟同学们搞好关系，但是也要努力读书，希望你也可以尝试摆脱旧观念对你的束缚，然后慢慢改变自己和下一代的命运，反正一定要好好学习哦。

我心里飞快地过着这些话，突然对上了以前每次开学前的晚上，爸爸总要郑重嘱咐我的那些句子。

亲戚们说话开始变大声，喝完了酒好像又起了一些争执，我回到了自己的屋里关上门，想起堂弟还在外面，想给他发个信息让他受不了就去书房看书，最终还是没说出口，把家里的 Wi-Fi 密码发给了他。

然后我想起几年之前也是这个家，也是过年，也是堂弟来拜年，在我爸爸的允许下去书房看书。临走时他明显对还没看完的那本书爱不释手，我爸便做了个主，让他把书带回去，看完再还回来。

堂弟走后，我开始对爸爸猛甩脸色，振振有词道："我的东西，你凭什么借给别人。"

事情已经难分什么对错了，书也当然是还了回来，现在还躺在那个书橱里。

而我没有发出的"去书房看书吧"后面，其实还有一句"想看什么都行，喜欢了就带回去"。

我终于，成为一个大人。
我不讨厌的大人。

为了感谢那道光

1

　　好友抽中了偶像的见面会入场券，在社交圈敲锣打鼓昭告天下，时间金钱都腾好了后，突然把券转给了另一个姑娘。那姑娘作为唯一的小幸运星，在活动里上台，跟偶像做游戏拥抱拍照，好友转了两条现场微博，没再发什么。

　　后来我们谈起追星这事儿时，她说：

　　"我喜欢偶像可能很畸形，我发现自己不想要拥抱签名，也不想去参加见面会，不想以崇拜者的姿态打个照面就跑，我就想等到有一天，认识他，要么和他做朋友，要么和他有工作关系，我是不是疯了？"

　　当然不是。这再正常不过了。

　　我第一次见到喜欢了十几年的明星，是在金马奖的红地毯上。我在粉丝团的前排，被冲天的声浪和人流挤得跌跌撞撞喘不过气，他终于在红地毯的首端出现，走过来，从我眼前走过，走过去，离我不足一米。

　　同行的人激动得直戳我，你傻了吗？为什么不说话啊？你不是喜欢了他十几年吗？为什么不伸出手去拉他呢？

　　才发现啊，原来触碰拥抱合影都不是我想要的东西。看着他在闪光灯和尖叫声中慢慢远去的背影，我跟自己讲：下一次见你，我不可以在这个位子。

　　后来你和你的偶像怎么样了？

我看到过这样一个回复："五年前，我在看一个采访他的节目；五年后，我在采访他。"

朋友大懒糖说："有一次作为摄影师拍范晓萱演出，afterparty（余兴派对）在学校包场。好多同台的乐队过去合影，我就不好意思。不是不喜欢范晓萱，也不是不激动，就觉得今天晚上她是在工作我也是在工作，过去合影签名就不是那回事了。"

朋友牙牙说："前几年我、紫薇、老刘、小六，在周杰伦的电影发布会上遇到，分别作为工作人员出现在现场。我们四个小姐妹，各自为周杰伦代言的不同品牌工作。"

四年过去了，我不清楚自己走到了哪个位子，但我就是知道，下一次见面，我会从人群中走出来，站在他面前。

我就是知道。

2

前几天，我一个工作伙伴加不错的朋友过生日。我在微信上跟她说祝福，我说你知道吗，其实你还在贴吧写文章的时候，我就知道你了，从《××××》那篇文开始，喜欢你快十年了。

她很惊讶，说怎么会，我们认识这么久，你从来没提过这件事情。

啊，该怎么提起呢。十年前我还是个高一女生，在学校微机课上逛贴吧看到她写的东西，喜欢到不行。于是在周末回家时，偷偷溜到网吧，把她写过的文字全部贴到 word 文档里，整理好，去打印。

小城市打印好贵的，一张纸要一块。高中生哪儿有什么钱。于是为了省打印费，我从贴吧楼层里，一行行把文字复制下来，字体设到几乎最小，又取消了所有的行间距和页边距。太短的段落？合并到上一段里去。"的地得了呢啊"和超过两个的并列叹号问号？该删就删。英文太占字符了，我甚至自作聪明地进行了中文翻译。对啦，正反面一起打印这事儿，我也没有放过。

节衣缩食老眼昏花了几周之后，我从店里出来，抱着几斤重的文件夹，里面是铺天盖地密不透风黑鸦鸦的打印纸张。

然后这几个英汉大字典般的文件夹，跟着我去了高中的宿舍，去了大学的宿舍，去了毕业后北京的第一个家，深圳的第二个家，现在在山东的老家，躺在上了锁的小柜子里。

她在 ×× 大学读书，我定下了高考后去那个城市旅游时去看那个大学的目标，她提到过喜欢什么作家，我把那些作家的所有书都买来看。

"到底是个什么样的女孩子呢？这么有趣，这么博学，这么温柔，又能振奋人心。我会像她一样厉害吗？"

"我想像她一样厉害。"

四年后，我在大学开始写东西。又过了两年，我发现她的微博关注了我。她毕业之后偶尔才为兴趣写作，正职是公关，而我成了傻乎乎的自媒体狗，我们都有光明的前途。然后又是两年，她找到我说，好喜欢你啊，一起工作吧。

那一刻我从未预想，来临之时依然觉得顺理成章。我在屏幕前打出"好啊"，时光定了一下，像滴漏里将滴未滴的一颗，在注视下慢慢放大。

为什么从未和你提起？为什么没有索求没有追询？为什么没有兴奋得大呼小叫左右颠倒？

因为你对我来说，不是触摸不到的梦境，而是我理想人生的一个投影。我想让我的理想，骄傲一点儿。

如果我当时挤在人群中疯狂叫你女神看我一眼给我签个名，你就算对我有印象，就算认识了我，也只是低下头，看到一个可爱忐忑的小粉丝而已。

但现在，你抬起眼，你看到我，你询问我的名字，你知道我是谁，你来找我，我来找你，我们站在一起了。

你闪耀过我的，我也努力地明亮给了你看。

我没有成为和你一样的人，我是在走向你的路上，成为我自己。

3

写过这样一段话："我才明白什么叫作爱一个人帮你打开一个世界。你仰望他的经历他的人生，开始学习他擅长的东西，走他走过的路，慢慢你发现人生原来有这么多乐趣。爱他已经不是最重要的事，变成有无穷可能性的自己才是。从想要成为和他匹配的人到我好喜欢现在的自己，这才是爱一个人给你带来的意义吧。"

我会去温柔地付出，因为我曾被爱人温柔以待。我怎么学会辉耀他人，因为我有幸见过真正的光芒。我们如何确定往前走的方向，是因为上帝给你开了一扇窗，而他，是你抬头望向窗外时，第一个对你招手的人。

偶像是什么呢，根本就不是国民老公大众情人天皇巨星宅男女神。

偶像存在于我要去的地方，是我要并肩的那个对象，是我梦想生命的剧透，是可以拉着我去远方的人。

这个世界创造了我，不是要我终生在角落里花痴什么对象的。就因为我这样仰望过你，才不能抱着求得仅仅一份签名合影握手拥抱来作为那份喜爱的证明。

"我希望他也喜欢我，欣赏我，敬佩我，喜欢我的长相，欣赏我的才华，敬佩我的能力。"

没问题，好好学习，天天向上，赚钱打扮，苦练武艺，进入他的圈子，走到他的面前，然后用你的长相，用你的才华，用你的能力，用你一切的牛 × 之处，让他看见你，看见你。

你看见了吗，现在的我有多好，当初的我，对你就有多喜欢。

"人生太美好了，我值得一切。"

上吧。

我爱那殉道者
最后的微笑

你喜欢什么样的人？

善良？温柔？幽默？博学？乐观？有责任感？高大帅气？

前段时间被人问到我为什么喜欢他，当时脱口而出的是"你长得好看摸起来又爽"，后来改为"你有个人魅力而我们相处愉悦"，但心里明白那最打动我的，并不是这么泛泛而论谁都能套的句式。

后来仔细琢磨总结了很久，发现我喜欢的人，身上都有殉道的气质。

是有信念的人，知行合一的人，赤诚而坚定的人，热爱所做事业的人，永远有一口气提着的人，沧海横流不改本色的人，在被侮辱与被损害中竭力挺起胸膛的人。

像是那个在水坑里捡起一条条小鱼扔向大海，口中说着"这条小鱼在乎"的男孩儿。

大多数人是漏洞百出经不起一点儿推敲的，因为他们没有自己的道。

听到这个语录好像很有道理，看到那个主义又似乎没什么问题，什么能让他们的现在看起来酷一点儿过得好一点儿，他们就挥舞起什么旗子，等到有人要他们为这个观点负责时，他们又突然把旗子一扔，变成哭泣的受害者了。他们看似永远在输出观点，其实只是在寻找理由。

但我说的这种人，是浑然的，有自我，有体系，有人格的。

你看到他的一个片段，就能知道他堂堂正正的一生。

他时有忧虑，而无怨言，偶尔疑问，却不矛盾，思考"是什么"，而不问"凭什么"。

原来人真正可以这样毫无借口地生活。

可以为一种东西去死，也可以为它好好活着。可以为这种东西去受尽尘世之苦，但只有某样貌似徒劳的东西才能使他的内心得到平和。

他是与天与命与世界对抗的人，他是顺应本心自由自在的人，他是用自我意识与社会规则交手的人，他是相信自己所说的每一句话的人。

殉道者，道有之，殉有之。

前段时间很喜欢某个影视角色，剧终了都念念不忘，后来看到有个评论这样说他："这个人，人生走下坡路，他个人内里却不断成长，人生的重石越来越沉，而他却越来越挺直腰背，死也未必不是好结局，他个人能力有限。"

这段话使我释然。

小人物亦有自己的向死而生。苦是必经。

他注定会摒弃一些捷径，放弃一些机会，选择那条在旁人看来"何必呢"的道路，可能会没那么有钱，不怎么注意打扮，享不了子孙儿女福，赢不得生前身后名。

人们需要他时，他是智者和勇士，人们不需要他时，他变为小丑和怪人。

更多的时刻里，他是一个"神经病"。

河流宽阔，道阻且长。

那会不会超级苦大仇深呢，不会。反倒因为拥有圆融完整的三观（才不是大多数人成天吆喝的那种东西），而跋山涉水地自在其中。

有人说："赚钱不难啊，可温饱都解决了，再去为数字而拼命，没意思啊。"

有人说："不会退休的，只恨生命不够久，一辈子都不够我做事。"

有人说："骗就骗吧，飞蛾就这么傻。"

有人说："可我偏偏不喜欢。"

有人说："我偏要勉强。"

死就死了。来，笑一下。

很久之前有朋友问我，这个世界上有什么东西是你可以为之放弃一切的？

我被吓到了，笑场，然后说，爱与自由。

朋友一脸见鬼的表情。

当时笑着说出的那四个字是没经过大脑的，两年后的此刻再想，原来我在下意识里对我的灵魂进行了告白。

我不会活在你对于爱的判断里，我要在我的爱里得到自由，即使那并不能让我"占有"你，可那能让我找到自己。

我会尽我所能让更多人感受到爱的能力，情感的能力，内心的能力，做不到很多很多的话，至少就去好好爱身边的人。

我不去绑架，不去胁迫，不去装作宽容，我要去成全。

人有种种无可奈何，但在我的道里，我绝不无可奈何。

终于成为被自己喜欢的人，我很满意。

你呢？

本就在天堂，去什么远方——

我为什么离不开深圳

二〇一三年三月的某个下午，我在当时的公司接到电话，让我到办公大楼大堂一趟，有个快递要取。快递不都是送到前台签收的吗，大概是个大件儿，我带着疑问，出了公司。

　　下到首层的电梯门开启，砰，一个穿着黑色运动服的女孩儿，我多年的好朋友，跳了进来。我去，这件儿可真够大的。

　　沉浸在好友相聚的狂喜之中，我压根儿没想到，电梯门开的这一刻，我被引入了另一段人生。

　　你为什么会离不开一个城市？传统的答案是，城市里有你爱着的人。

　　对我来说，那只是忘不了一个城市的理由，却不是离不开。你要在这里真正地高歌猛进和一败涂地过，要在这里和什么人命运紧紧纠缠过，要一踏入这里的机场车站就被巨大的回忆和期望充满，要经过这里四季的和煦温柔与暴烈残酷，才能说自己属于这个城市。离不开，是因为我在那个城市里，心碎过一次又一次，脱胎过一次又一次。这座城市是我的真正意义上的诞生之地，我的灵魂故土，我的栖息之乡。

　　她是让我重生的人之一。

　　酒足饭饱，她躺在我合租房的床上，眼睛眨巴眨巴，说出了这次来的目的：她在深圳入伙了一家公司，想让我也去那边，共同赚钱，走向进步，解放生命。

　　我当然没同意，这什么事儿啊，你是不是被传销了？她笑笑说不去没关系，然后要了我的身份证号，头一低，给我订了张去深圳的机票——

"我发工资了，就当请你去玩一趟，深圳太好了，文明温暖，我漂了这么多年，终于喜欢上了一个城市，我要在那里招待你一次。"

深圳我去过啊，就在不到一年前，和在那里工作的男朋友待了四十来天。天很蓝，树很多，玻璃很明亮，云像山一样堆积在地面上，闷热闷热的，但是猪脚饭和烧鹅饭都很好吃，还有早茶里的虾饺。好是好，而再好能有多好呢。

然而那次假期回来，我立即着手收拾行李准备辞职，鬼使神差踏上了正式南下的路。

让我做了决定的不是深圳，也不是在那里的男友，是她的存在本身。她有着令人愿意的力量，如果一定要说托付二字，我想把自己托付给她，我要试一试，和她共享某段生命的可能。

一个月后，我从北京独栋楼的合租老房子，搬到了深圳某个小区的大开间里，迎接我的是当晚的二十多个蚊子包。我先把和她的故事放一放，来看看我的新家。

新小区很大很成熟，到处都是老人，老人拿着蒲扇，老人推着孩子，老人带着大人，老人还要牵着狗。物业未免太爱搞活动，门外挂着小黑板，安排着心理辅导、爱情知识讲座、露天电影放映、老年人电脑学习班，还有一月一次的跳蚤市场。每个周六日我被小区活动弄醒，在广播声和人声中，绿树的影子和微微热的阳光破窗而入。下楼买肠粉豆浆，穿过一地带着晨雾的鸡蛋花，和正摆着跳蚤市场的家庭，小狗子们飞快地跑过，尾巴蹭到了我的小腿。

我不想这么快回去，站在楼口往外看，这里好像一个小王国啊。

后来一直不懂为什么人们说深圳没有人情味儿，也许与我刚来时住的这个热闹升腾的所在有关，也许是这里的本地人和外地人毫无分别心。深圳不是大多数人的故乡，却给人连故乡都没有的放松感。深圳不是大多数人的梦想，却让他们在这里生出了梦想。来这里的人大概各怀心思，有人打定主意要当个过客，有人想在这里落地扎根，而一出车站机场时，他们都被收入了深圳的规则与文明之中，浑身带上了一股干净利落的精气神儿，踏踏实实地工作吃饭。

"来了就是深圳人"不是随便说说的。这种独属于深圳的人情味儿，如果你带着旅游和猎奇的眼光，大概并不容易感受得出来。这里的好，住得越久，发现得越多。

有人说了解城市最快的方式就是和当地的哥攀谈。深圳的出租车司机只是埋头猛开，不爱说话，更别提聊天了，但我也有过两次可爱的经历。一次是某个湿漉漉的夜晚，在机场回来的路上和司机讨论如何分辨远处蓬松软绵的路灯与月亮。还有一次是在炎热湛蓝的下午，我从南山打车去福田，司机说，有两条大道可以选，你选哪一条。我说好看的那条，司机又说，一条路呢，可以看海和蓝天，另一条路有高楼和绿树，你喜欢哪一种好看？

我那次选了高楼绿树的好看，那条路是深南大道。初到深圳和男友第一次坐公交车出门，想在世界之窗下，坐过了站到了何香凝美术馆，一下车阳光泼洒，绿荫淋漓，枝藤垂绦。我拉着他的手在人行道上的小光圈上往回走，空气是通透的，每片叶子都在肆无忌惮地反光，好像这个城市的自由，眼前尽是树，却好像能把所有的远方与未来都看到心里。这就是深南大道，深圳的主干道。后来我每次上班都走这条路，在淡金淡绿色的光中，意气风发得像拥有了整个世界。

另一条可以看海和蓝天的路是滨海大道，为了方便看海，这里的植被并不高大，目及之处开阔明亮。你一定要来这里追一次日落，在某个晴朗傍晚，乘车自东向西。车辆奔驰，落日在车前半尺的距离，天空沉红，树影凝灰，云有深蓝烟紫，打开车窗感受猎猎的风，像身临一场非洲草原上的黄昏。

我最喜欢的区是南山，几次搬家都在那里，最喜欢的地方是蛇口，异域风情与老城故旧感交织的一片沿海地带，在深圳的城市边缘。

第一次来的时候我并不以为意，我想这里街道又窄房子又矮，路边的灯光青灰鬼魅，扭头问带我来的人，为什么把它夸得天花乱坠，他耸耸肩带我去路边买了瓶咖啡。一年后我搬到了这里，每天心情不好，不愿回家就出门走路。某次蜿蜒蜿蜒终于走进一家便利店，看到货架时，我想起了他，原来是这家店。我拿上咖啡又走出了店门，抬头看天，东西南北，那时来的路线清晰起来，已经过去了快两年。

所有地理上的记忆，是以人命名的。从对这个地方毫无概念，到对每条道路都熟记于心，他带我走过的路，点亮的灯，两个人拥抱到天明的角落，一点一点，铺展开整个城市的脉络。地图上，又一个以他为名的标记。

这些带我来到深圳的人，带我认识深圳的人，带我爱上深圳的人，都离开深圳了。

我回来继续说和她的事情。

我们入伙的那家公司做得并不怎么样，不到半年就没能撑下去。我有点儿讪讪的，心里又有怨，怨是对自己的，也不愿意承认。我在等一个时机化解。

公司散伙后的某天，她到我家，吃完饭在刷碗的时候，我把话题扯到了这里。过程不怎么愉快，我想轻松自嘲点儿，但因为我们从没坦诚地聊过这个，憋在心里那么久的话，一出口变成了指责。

我说，如果不是你带我来深圳，怎么会变成这样。她说，但是你也得到了。

我们没再对视。她离开了我家。我看似凌厉，内心却软弱，甚至有些无耻。我来这里并不是为了工作和爱情，只是想被自己最向往的好朋友罩着。我说那句伤人的话是想要什么呢，我想要她说对不起，还是痛哭流涕？我想要的是她表现出来，更在乎我一点儿。那时的我并不懂爱，在深圳的几年我一直在学，很久很久后才明白。

几个月后我联系上了她，我们恍若隔世般重新接纳彼此。她学了画，学了琴，学了唱歌，学了车，虎虎生风地来接我下班，开出三百米就破口大骂：这路没走过，我要撞车了！买了两塑料袋的烧烤，我们躺在家里的地毯上，我说，这家烧烤不行，她说，我过几天就走了，不在深圳了。

想起一年前她请我来深圳的那次，我们站在她出租屋的阳台上，她刚洗了头，把头仰起来让风吹干。她说你看这里多好啊，又温暖，又干净，又文明，我不准备去别的地方了，我要在这里赚大钱，然后把我的朋友们都接来，你就是第一个。她扭头看着我，我当时的心理活动是，原来人真的可以被长发拨乱心弦啊。

这是我第一个离开深圳的朋友。

关注我三年以上的人大概都知道，我养过一只小狗，时间很短，我叫它虾饺。它三个月大时得了狗瘟。

弄明白这个病到底意味着什么之后，我不上班了，抱着它在不同医院之间辗转。A医院说要抽血，B医院说要输血，C医院说要吊无数的针，我把每个人都当作可能的刽子手和救命恩人，我怀抱那么多的想要信任和不敢信任。

我不敢在网上具体说虾饺的病，网络上的关心和责问都是我无法承担的事情，我又极其渴求现实中的人能给我一点儿力量，可我那时没有亲密的朋友在这个城市。

那是五六月，深圳总是一场暴雨之后一场暴晒。每个早晨起床我去买药和食物，然后走去医院。医院很远，但我宁愿在烈日和大雨中步行，我必须用一些东西折磨自己。进病房前先冲去洗手间把眼泪擦干，小虾饺已经在笼子里听到我的声音叫了起来，然后我坐在它的身边陪着。我庆幸遇见了那家医院，护士给我支了个行军床，有时我就整个夜晚在店里照顾它，要随时量体温，要冰敷，要把它的体温降下来，要让它吃东西，吃一点儿都好，吃不进去要拿注射器一点儿一点儿往嘴里灌，我边灌边掉眼泪，护士看不过去就把我轰到一边。她说，虾饺真的很爱你啊，我没见过这么小的狗能撑过这么长时间，也没见过你这么拼的主人。

怎么会痛苦至此。我发愿吃素三年，随时诵念经文，给公益组织捐款，原来人走投无路时真的会尝试那些自己平时嗤之以鼻的风俗迷信活佛神仙，不是多相信，只是怕没有尽过全力，怕自己后悔。有人发来消息说这病没的治，不要太投入，我把他们全部拉黑。不管这病有百分之多少的治愈率，生命只有一个，它只有百分之百，我念着，活下去，活下去。

好像所有的困难都能解决，但是生死不可以，好像所有的病痛都能表达，但是虾饺是不会说话的小生命，我们只能感应。它的精神越来越不好，刚入院时一见我就把尿布踢翻，后来只有我大声叫它才勉强睁开眼睛。护士蹲在笼子旁边说，等到我们病好了，毛长出来了，又是一条漂亮的小狗呢。我说，很漂亮啊，现在就超漂亮啊，我们一直是最漂亮的小狗。

我不清楚自己做好了准备没有，我只是在每一个不敢睡去的夜晚，不停不停地对那个未知的造物主说：我愿意把我的健康分给它，请你听到我，请你准许我。

后来，后来的一天，虾饺有微微的抽筋，这是不好的事情，说明病毒已经侵到了脑神经。我蹲着看它。护士接了个电话，然后对我说，有一家人要出国，他们的猫要拜托我们找人收养，你不总说想要猫狗双全吗，要不要。我说要。

虾饺几个小时后去世，最后一刻我身边没有一个人。新来的猫咪，在旁边的猫包里安静待着，我叫它佛爷。

佛爷是只大脑袋黄猫，沉着冷静，又好欺负，和虾饺性格完全不同。它陪我已经三年。

那个医院成了我在深圳的避难所，或者说是精神的孤儿院。中秋或者元宵节，所有要吃点儿什么的节日，我不愿在家里待着就去医院那边。隔壁的火锅店里，坐上医生、医生的女朋友、医生的助手、隔壁店的员工，还有在医院陪猫狗的家长。这是一个临时拼凑的团圆桌，却更有亲切感。火锅里添了四次汤，护士又喝掉一瓶啤酒，医生吃掉第三碗米饭，我抬起头来，又见到了月亮。

命运是很庞大的，冲破一个困境，又进入一个迷局，爬出低谷后，总要再跌入深渊。

照顾虾饺住院时我有了一段短暂的恋情。那时我整个人散发出的感觉比较不同，脆弱又拼命。有人被吸引，向我伸出手，我救命稻草般抓住，天降神祇般爱上。黑暗中的光会成为信仰，终于有一件美好的事情正在发生，那是我赖以生存的爱情。

这段感情结束于虾饺走后，我们都发现那心动和羁绊只能产生于我最无助的特殊时期，不同的是他先醒悟，抽身远离。而我无法接受双重打击，更无法接受是那只拉我出低谷的手再次把我推下悬崖，精神再次崩溃。

我是值得被珍重的人吗？我要抓住的无非是幻象吗？我在乎的必将弃我而去吗？

"无人愿为我一掷千金，无人愿与我共结连理，无人愿意救我一命。美好时光，已成过去。"

友人离去，家人离去，爱人离去，那时我终于怀疑深圳与自己的缘分。要换个地方吗？上海优雅，北京大气，广州轻松，杭州明丽，可是不行，我做不出抛弃深圳的决定。

他人离开我，我不能再做那个离开的人。

我辞了职，把大量的时间用在户外，不再沉溺于幽闭空间的哭泣。乌云总算有金边，我得以重新感受，并死心塌地爱上这座城市，从它的过路人，变为守夜人。

最爱走的是从蛇口码头到渔人码头那条路。在傍晚的时刻，在金色的天幕下，你从"时间就是金钱，效率就是生命"和"时间就是效率"的著名招牌下走过，途经歌舞零乱的海上世界，走到灯光昏黄的南海意库，再继续穿过挂着"Peter's Bar""Tom's Bar"等五彩招牌的海昌街。此时天空中的玫瑰色已经褪去，金色的浅蓝又变成金色的深蓝，路灯亮起，叫卖声嚣，突然像进入十年前的市井生活。在无数五金店小吃店与廉价旅馆中，你闻到一股腥气，右边是被南海玫瑰园遮住的海，左边是历史悠久的蛇口市场，满载而归的人们喜气洋洋。第一次进去吓了我一跳，没见过这么整整齐齐又气势惊人的菜市场。广东人卖菜时不说"很新鲜"，而说"好漂亮"，脱胎于粤语中的"靓"。漂亮的芥蓝，漂亮的菜心，漂亮的皇帝菜和胡萝卜，哎呀，这把菜太丑了，哪里丑，你仔细看，很漂亮的，拿着吧。菜也有自尊心的，那就带你回家。

　　回到家楼下时总能闻到桂花的味道。深圳的桂花有半年之期，最浓烈的时候是三四月。很有趣，秋天的深圳是浓绿滴翠的，春天的这里却充满花开和落叶，因为天气温暖，树叶不会自动脱落，只有春季重生新芽时才会更换旧叶。于是三四月份，二十五摄氏度，所经之处桂子飘香，风铃木蓬勃明黄，木棉火红灿烂，三角梅从宅院阳台上倾瀑而下，夹道高树参差黄绿，落英缤纷，满地泻艳，抬头为春，低眉是秋。走在这样的街道上，怎会不觉得万物温柔，生命神奇，而自己挺胸抬头，配得上所有的美丽。

　　后来我再回忆起这无数独自在夜晚踟蹰的心情，想起的却再不是泪水与孤影，而是温柔的灯火，夜跑的人群，一树一树的花开和湛蓝空中闪耀的星光。

　　年初招待了一位从北京来的朋友，她在为逃离雾霾区做考察。

　　我略微忐忑，其实深圳这一年来也偶尔被不好的空气困扰，时有的晴天也不再透亮碧蓝，那是只有经历过最好时期的人才能感受到的差别。

为此我心情低落了很长一段时间，不是"我们还能逃往哪里"的低落，而是真的热爱这个地方，舍不得它变差一点点的低落。

我已经把这里当作了家。

依然有老朋友在离去，刚来深圳时认识的人，已经所剩无几，可突然某一天，我发现是这些离别的经历，让我反而更珍惜与理解灵魂之间的相遇，不会再用地点和关系上的"忠诚"去绑架他人。我又活过来了，这是一次新生，在这个城市，和这个城市。

在某次和男朋友坐车去机场的路上，车子慢慢转弯，经过几辆悠闲的共享单车，和三五个穿着深圳校服的中学生，我笑了一下，想这多好啊，男朋友在那刻扭过头来对我说，真喜欢深圳。

我也会问他：以后如果换个城市暂时居住，你觉得我适合哪里？上海怎么样，能看话剧和展览。北京呢，做文化产业好方便的。或者我去大理做个冬暖夏凉的文艺女青年，再或者出出国？

他想了想，摇摇头：都不对，还是深圳适合。那些城市的特质只是你极端的一部分，不是你的全部，不能被框住的才是你，永远在新生的才是你。

去年十二月去了趟北方，深夜航班回程延误了好几个小时。我在飞机上被暖气烤得喉咙肿痛眼睛干红，双腿又水肿得穿不上鞋子，就穿着飞机拖鞋出了机场。那一刻，巨大的湿润温柔扑面而来，裸露在外的皮肤化冻般变得柔软。深色天幕飘起了细雨，地面闪光如星空万里，水汽洇过拖鞋打湿了脚底。

深圳真好啊，深圳让你记起了所有的委屈，又瞬间原谅了所有的委屈。

那种热切与辛酸交织的温情，是回家的感觉，又像是重新出发的感觉。这种感受的庞大，难以言传，无法量化。

就是在这个城市里，我失去一些，又得到更多，一次又一次地活过。

愿有幸留在深圳，本就在天堂，去什么远方。

图书在版编目（CIP）数据

请说我美 / 琦殿著 . — 长沙：湖南文艺出版社，2018.4
ISBN 978-7-5404-8393-7

Ⅰ.①请… Ⅱ.①琦… Ⅲ.①散文集—中国—当代 Ⅳ.①I267

中国版本图书馆 CIP 数据核字（2017）第 274721 号

上架建议：畅销·文学

QING SHUO WO MEI
请说我美

作　　者：	琦　殿
出 版 人：	曾赛丰
责任编辑：	薛　健　刘诗哲
监　　制：	毛闽峰　赵　萌　李　娜
策划编辑：	郑中莉　由　宾
文案编辑：	王　静
营销编辑：	杨　帆　周怡文　吴　思　霍　静
版式设计：	付　璐
封面设计：	尚燕平
出版发行：	湖南文艺出版社
	（长沙市雨花区东二环一段 508 号　邮编：410014）
网　　址：	www.hnwy.net
印　　刷：	北京鹏润伟业印刷有限公司
经　　销：	新华书店
开　　本：	880mm×1230mm　1/32
字　　数：	221 千字
印　　张：	8.25
版　　次：	2018 年 4 月第 1 版
印　　次：	2018 年 4 月第 1 次印刷
书　　号：	ISBN 978-7-5404-8393-7
定　　价：	42.00 元

若有质量问题，请致电质量监督电话：010-59096394
团购电话：010-59320018